それでもこの世は悪くなかった

佐藤愛子

文春新書

1116

はじめに

あなたの生きてきた道について話して下さい。そんな風に頼まれることがこの頃多くなりました。

簡単に言いますけどね、私がそんな話をしたら、聞く方がへとへとになるだけですよ。

ただ一口に言いますと、私の人生は戦いの連続でした。我ながら、よほど戦うことが好きだったんですね。

みなさんご存知のように、私は亭主の借金を背負って大変苦労しました。それでもこうして元気なものですから、佐藤さんのように強く生きるにはどうしたらいいでしょう、強くなるコツを教えて下さい、という読者からのお手紙をよく頂きます。

いやあ、私のように生きるのは、止めた方がいいんですよ。とんでもない人生になります。

佐藤さんの書くものを読んで元気をもらった、というお手紙もよく頂きます。そういう風に言われると、おっちょこちょいだからすぐに自分は元気じゃなくても、人に元気を与えなければならない、と思ってしまうのが私の一種の病気みたいなものでして、それで苦労をひっかぶることになった、そういう人生だと思います。

それにしても、私の書くものを読んでなぜ元気になるんでしょうか。元気になろうとか、強く生きよ、なんて一度も書いたことがないし、人にも言ったことがないんです。娘や孫にも言いません。どっちにしたって効き目はないんですから。

私は元気になろうとか強くなろうと思って生きているわけではないのに、他人の目には強く生きているように見えるらしい。それが不思議ですね。

今の世の中、いわゆるハウツーものの本がよく売れるそうでして、ナントカにならないためには、とか、ナントカのコツは、とか、人々の考え方がそういう風になっているんですね。

それに、この頃は何かというと理由を聞きたがります。

「その時どう思いましたか、なぜそんなことをしたんですか」と、インタビューを受ける時にも必ず聞かれます。

そんないちいちね、何かことがあるたびに感想を持つわけじゃないんですよ、人間は。何かする時だって、思わずする、ということがあるんです。

今の人は分析が好きなのか、なぜ、なぜ、と聞くんですね。なぜということを聞いたって、別にどうということはないんです。

ですから、そういうことに興味のある人は、この本を読んでもガッカリするだけでしょう。

私は人生相談の回答者には向かない人間です。人は好きなように生きればいい、人生相談なんかするな、としか思っていないんです。第一相談したところで、結局人間は自分の好きなように生きているんですよ。

私もただ欲するままに生きたんです。向こう見ずに後先考えず生きただけで、それが他人には強く生きているように見える。そういうことだと思います。

人生の苦難に遭った時、誰かのためにそうさせられたと思う人は多いけれども、自分の人生を選んだのは自分だと思った方がいいんじゃないかと思います。何があろうと、自分の性質のお蔭でこうなったと思えば誰も恨むことはないし、心平らかに反省の日々を送ることができます。

でも、その反省が実るかというと、ちっとも実らない。それでついに今日まで来てしまいました。

天皇陛下の教育係だった小泉信三先生が書かれた『海軍主計大尉小泉信吉』という本に、こういう話が出ていました。ゼンマイ仕掛けの戦車があった。ゼンマイを仕掛けて走らせると、障碍物の布団の上を戦車が駆け上がって行く。布団はぐにゃぐにゃしているから、こけつまろびつ上がって行く。それを信三先生が見ておられて、

「人生態度も、こうありたいね」

と一言言われた、というエピソードです。

私はそれを読んで、とても感激しましてね。普通なら、

「このおもちゃ、案外強いものだね」

とか、その程度の感想で終わると思います。でも、信三先生は常日頃から人生について考えておられるから、ひょっとその言葉が出てくるんです。これは偉いお方だ、と私は感心しました。

折に触れ、ちょっとしたことで感心してそれが血肉化される、そういうことで人間は成長していくものだということが、九十歳を越えた頃からわかるようになりました。だから、人生にムダというものは何もないですよ。ムダのようで心にとまったことはいつか、自分の血の中に入ってくるんです。

私は末っ子に生まれ、子ども時代は引っ込み思案の恥ずかしがりでした。それから長じて作家として世に出るまでの折々に、家族や周囲の人たちからたくさんの言葉をかけられました。その言葉の中から私の心に残り、やがて血肉となって今の私を作った言葉について、少しお話ししてみましょう。

そうして出来上った私という人間は、人生を生きる上でどのような価値観を持つようになり、何を幸福と感じるようになったか。

人は一人ひとりみな、顔も違うし価値観も違います。戦前は一つの価値観しか許されませんでしたが、今は本当に一人ひとり違うのが当たり前、という世の中になりました。ですから、幸福というものをどう考えるか、それも一人ひとり違うと思うんですね。

たぶん、私が幸福と思うことを、みなさんは「それは違う」とお考えになるんじゃないかと思います。ですから、私はどうして幸福をこういうものだと思うようになったか、そんなことを少しお話ししてみようと思います。

それでもこの世は悪くなかった◉目次

第一章　私をつくった言葉

兵庫県鳴尾村西畑の家で

「どうしてもせんならんということが、世の中にはおますのやで」

私は、作家である父・佐藤紅緑が五十歳の時に生まれた子どもです。父にとっては孫のような気持で、猫可愛がりに可愛がられました。

父の書斎は家の二階にあって、階下で私の泣き声がすると万年筆をかなぐりすてて駆け下りてきて、

「どうしたどうした、泣かしたらダメじゃないか」

と家の者が叱られるという、そういう塩梅でした。

これは泣いたら面白いことになる、と思って、わざと階段の下で泣いたりしたもんです。まあ、どうしようもない子どもだったんですね。嫌なことはしなくていい、と何でも許されておりました。

幼稚園に行くようになると、思うに任せないことがあるもので、乱暴な男の子もいれば、歌いたくもない歌を歌わなければならなかったりする。それで私は幼稚園に行

くのが嫌になっちゃったんですよ。私が幼稚園に行かないと駄々をこねたら、父は、「よしよし、嫌なら行かなくていい。嫌なことはしなくていい」と言いました。それが父の主義と言いますか、まあ、ヘンな人でしたねえ、私の父は。若い頃にこんなことを言ったことがあるんです。

「俺の今したいと思っていることは、華族の奥方と密通して、殿様を殺して、その遺産を自分のものにするんだ。そういう芝居に出てくる悪役のようなことがしてみたい」

　そういうことを言っているもんですから、たまたま似たような事件が起こりましてね、警察は「あいつに違いない」と父に目をつけて、つかまってヒドイ目にあったというんです。

　そういう父親に私は可愛がられていた。

　今度は小学校に入りまして、これはどうしても行かなければならない、ということになります。父は私がイヤだとか行かないとか言っていると、二階に上がって降りて来なくなるんですね。これまで私に言ったことの手前、無理に行けとは言えないから。

私の母は母乳の出が悪くて、私は乳母に育てられました。そのばあやが大して教育のある人ではありませんけれども、私が小学校に行くのが嫌だ、あれは嫌だこれは嫌だと、今でいう登校拒否になっている時にこう言ったんです。

「お嬢ちゃん、なんぼお嬢ちゃんやかて、大きゅうなったらどうしてもせんならんということが、世の中にはおますのやで」

本当にわがまま一杯で、したくないことは何もしなくていい、そんなお嬢ちゃんでも今だから許されているのであって、大人になったら、どうしてもしなくてはならないことがあるんですよ。そういう意味ですね。

私はその一言で、「なるほどそうか」と思いました。わりと賢い子どもだったんですね。自分でそう思いますよ。それで小学校へ行くようになりました。

行ったらいろいろ辛いことがあります。でも、「大人になったら辛いことがいろいろあるんだよ」というばあやの言葉がありますから、しょうがないわ、と我慢しているうちに慣れていったんです。

考えてみれば、これは私の人生で最初に与えられた教訓だったんじゃないかと思います。

「豆腐屋のオッサンかて校長先生かて、おんなじ人間ですがな」

幼い頃の私は家の中では威張っていて、外へ一歩出れば父や母、四つ上の姉の後ろに隠れて小さくなっているような子どもでした。

学校へ行く道で、校長先生が歩いて来られるのによく出会ったんです。私は校長先生というのは物凄く偉い人だと思っていましたから、先生の姿を見ると足がすくんで、歩けなくなって物陰に隠れたりしました。「校長先生に会うのがこわいから学校に行かない」と言ったりしていたんです。そうしたら母が、

「何を言うてますねん、豆腐屋のオッサンかて校長先生かて、おんなじ人間ですがな。何がエラい」

と言いました。

物凄く偉い方だと思っていましたから、何がエラい、と言われますとね、「ああ、

そうなのか」と、それも一つの開眼になりました。人間はみな同じなんだ、偉いもダメもないんだ、という考え方は、母から与えられました。

そんな風に、折に触れ大人の言った言葉を聞いて、いつとはなしに体の芯になっていく、体の奥に沁み込んでしまう、そういうことがあるんですね。

「カネカネと言う奴にロクな奴はいない」

私が女学生の頃に、紀州の白浜温泉に友人たちと遊びに行ったことがありました。泊まった温泉宿で友人たちと廊下を歩いていると、向こうから酔っ払いが歩いてきた。ふざけながら大きく手を広げて、私たちに抱き付いてきたんです。

友人たちはみな素早く逃げてしまって、酔っ払いの腕の中に残ったのは結局私一人。その時私は右手を振り上げると、酔っ払いの横面をパーンとね、張り倒したんです。カイッパイ。

すると、眼鏡がふっ飛んでレンズが片方外れ、廊下をコロコロと転がってカシャンと綺麗な音をたてて割れた、その音を今でもハッキリと覚えています。

その話を帰ってから父にしましたところ、父は一言「よくやった」と言いました。普通の家でそんなことをしたら、「女の子が何ということをするのか」と叱られるのが当たり前の時代です。それが「よくやった」と褒められるんですから、「そうか、これでいいんだ」と私はますます荒くれになっていくんですね。

そんな父でしたが、一つだけ、ひどく厳しいことがありました。それは、「儲けた」とか「得した」とか、そういう言葉を使うものではない、ということです。

私が小さい頃に、「あ、儲かっちゃった」と言うと、その一言だけで、「儲かったなんて言うもんじゃない。それは卑しい人間の言うことだ」と、ひどく叱られました。他の教育はまったくしませんでしたけれども、それだけはうるさかったんです。

損をすることに神経質であってはいかん、というのですが、要するにお金に執着することは、人間として恥しいことだと。武士の血を引く明治の男ですから、そういう考えだったんです。

紅緑の父、つまり私の祖父は津軽藩士でしたが、明治維新で武士でなくなり、その後は西洋小間物店をやったりしました。店にお客さんが来て値段を訊くと、「うるさい！　なんぼでもいい、カネを置いてけ」

と怒鳴ったというんです。その後、郷土史だか津軽藩史だかを編纂したり、リンゴの改良をしたりして、一応津軽の名士のようになったんですね。それで学校に呼ばれて講演なんかすると、最後に礼金をもらう。その時に金一封を手で受け取るのは汚らわしい、というので懐にしゃもじを入れていた。それを出して上に載せてもらうんです。お金は汚いものだ、と大真面目に思っていたんですね。

父は若い頃は祖父に大変反抗したんです。それでもやっぱりその影響を受けているのか、火災保険や生命保険などというものに入ってはいかん、もし何かあったらと先回りして困らないように保険をかけておく、それは怯懦《きょうだ》な生き方である、という意見でした。

以前は家を建てるのにそんなにお金がかからなくて、都内でも二千円あれば、土地を買って家を建てることができたんですね。その頃、うちの近くは野っぱらでしたけど、ある会社がそこを区画整理して、宅地として売りに出したんです。

安くしておくので買わないか、という話があって、母はその気になりました。母が、「作家なんていうものはいつまで仕事ができるかわからないから、借家の二、三軒も建てておけば、老後もご飯を食べるのに心配がないからそうしよう」と言いました。するとと父は、

「お前は俺に大家になれと言うのか」

とね、烈火のごとく怒りまして。まるで大家さんというのが、働かなくてもお金が入ってのうのうと生きている怪しからん存在であるかのように思い込んでいるんです。

戦争中から戦後にかけて、作家なんてものは、本当に生活に困ったわけです。戦争中はすべての物資が欠乏しました。もちろん、紙もなくなる。だから雑誌が出ない。雑誌が出なければ小説家は干上がってしまう。母が後になって、「あの時に土地を買っておけば今ごろは」と何度も言いました。

でも、現実主義者だった母にはそれなりの用意があって、父もそれほど貧乏しないで死ぬまで思ったように生きることができた。それはまったく母の苦労のお蔭なんで

す。それでも父は、母のお蔭とは思わなかったに違いない。

母はそんな父に腹を立てて、何かというと「お父さんときた日には」というセリフを吐きだすように言っていました。

でも、私に沁みついたのは母の現実主義ではなくて、「カネカネと言う奴にロクな奴はいない」という、父のムチャクチャな意見の方だったんですね。ですから、その後夫の借金を肩代わりして、人が寝ている間も起きて働きまくらなければならなくなったりしたのは、これは父のためですね。

お父さん、あなたのために本当にひどいことになった、私の人生は。カネが欲しいと思わないのに、カネのために苦労することになった。

とこう言いたいけれども、しかしここまで来ますとね、それもまた面白かったと思うようになりました。損する人生を面白いと思えるようになったのは、ありがたいことだと、まあ感謝の気持です。損得にクヨクヨしていたら、私の人生はまったく違うものになって、ここでみなさんにお話しするような人間にはならなかったと思うんです。

「自分ひとりでやる仕事だったらやっていけるんだから、お前は作家になったらどうか」

父は私が物書きになるなんて、夢にも思っていませんでした。その頃は女は結婚して舅姑に仕え、子どもを産み育て、そして死んでいくのが幸せ、とみんながそう思っていた時代でした。私も結婚するようにしか教育を受けていませんでした。行った学校も、立派な主婦を育てることを目的とする女学校。だけどその間に戦争が始まりまして、戦争に負けて、私の結婚した最初の夫は、軍隊でモルヒネ中毒になって復員してきました。

何回も病院を出たり入ったりしましたけれど、中毒というのはどうしても治らない。

その時に私は思ったんです。

亭主の出来不出来で女の一生の幸福度が決まるなんて、こんなバカげたことはない。自分に力を持てば、亭主の出来が悪くたって堂々と生きていけるじゃないか。

何か生きる道を自分で開拓しなければ、と思いました。そう思ったのは立派だったんですけど、できることは何もありませんでした。

敗戦間もない頃ですから、産業はまだ復活していない。戦地からは復員兵がどんどん帰ってくる。男性でも仕事がないのに、もともと男社会で男に頼って生きてきた女に仕事がそうあるわけがないんです。

社会へ打って出るような教育を受けている人でも、能力を発揮するチャンスがない。子どもを抱えて戦争未亡人になった人なんて、本当に大変でした。しかし、切羽詰まると人間は力を出すものなんです。花嫁修業としてお花を習っていた人はお花を、お茶を習っていた人はお茶を、洋裁のできる人は洋裁を教えるという風に、それぞれがそれなりに考え、工夫して生活をやりくりするようになりました。大したものです。

ところが私はそんなことは嫌いで、娘時代はただノラクラしていただけなんです。走ったり飛んだりするのは得意ですから防空演習の時は張り切って、演習の華になっておりましたが、それも無くなると何もできることがないんです。

仕方なく、というのも申し訳ない話ですが、ノラクラしているのが辛くて結婚したところ、その夫がモルヒネ中毒になって戦地から帰って来たんですよ。その時の苦労話をしてもしょうがないから、しませんが、先に言ったように男の出来不出来で女の一生が決まるなんてごめんだ、と思いましてね。断乎、離婚したんです。それは勇ましくていいけれど、ではどうやって生きて行くかを考えていなかった。

母が心配しましてね。これから一人で生きて行くにはこの娘はどうしたらいいか、と考えたんですね。それである日、母がこういうことを言ったんです。

「あんたのお父さんも変な人だった。他人と協調することができないで、好き勝手なことをやって、ムチャクチャを言って。それでも生きてこられたのは、小説を書いたからだ。

あんたはお父さんとそっくりだから、会社へ入っても一週間で喧嘩してくるだろう。でも、自分ひとりでやる仕事だったらやっていけるんだから、お前は作家になったらどうか」

技術も何も身に付けていない。わがままであっても欠点があっても、やっていける仕事は？　と考えて、小説を書くしかない、という結論を出したんです、母が。

言われてみれば私のような人間は、他に道がないのかもしれない、と思いました。結婚生活がダメになったのも、夫がモルヒネ中毒だからということになっているんですが、よく考えてみると、そうじゃなくてもダメになっていたような気がするんですね。何しろ戦争のドサクサで結婚してますからね。

そんなわけで、それじゃあ、小説を書いてみるか、ということになりました。それほど簡単に考えたのは、父が大衆小説を書いてわりと威張って暮らしていましたから、小説を書くなんていうのは簡単なことだ、お父さんもやったんだから大したことじゃないだろう、と思っていたんです。

モルヒネ中毒の婚家先から、私はグチや姑の悪口なんかを書いて、父に手紙を出しておりました。そうすると父がそれを読んで、

「愛子は取り柄のない女だと思っていたけれど、文才があるな。実にこの手紙が面白い」

と言ったそうなんです。姑の悪口を書いてくる娘をいさめるとか、心配するとかじゃなくて、面白がるというところが独特の家でして。つまり、人間を客観的に書くと、

悪口が面白くなるということなんですね。それが一つの作家の資質である、ということを、作家である父はわかっていたんですね。

「これは嫁になんかやらないで物書きにした方がよかった」と父が洩らしていたことを、母は思い出したのです。

ただ、文学少女だったわけでもなし、書くことが好きだったわけでもなし、他にできることがないから書き始めた、ずいぶん無茶な行為だったと思います。けれども、それしか出来ることがないんだからしようがない。いや、出来ることというよりは、やる気になれたこと、という方が正確ですね。

本もたくさん読んでいないから、古本屋へ行っては、ロシアやイギリス、フランスの小説を読み漁りました。とにかく読まなければ小説というものがわからないですから、暇さえあれば読んで読んで、それで覚えたといいますか。

今思いますと、私は人間に対する興味が人一倍強いんだと思います。小説というものは、人間の面白さを描けばいいのではないか、と考えたんですね。

ところが、売れる小説というものはたいていい人間の面白さではなくて、ストーリーの面白さを追求しているんです。最初にストーリーを作って、そこに人間をはめ込んでいくという書き方ですね。でも私は、自分が面白いと思う人間がどう生きていくかに興味がある。そういうタイプの作家だということが、最近になってわかってきましてね。

たとえばある時、地下鉄のプラットホームに立っていますと、反対側にみるからにホームレス然としたジイさんが、分厚いマンガ本のヨレヨレになったのを開いて、立ちはだかって読んでいるんです。そして、突然、「アッハッハッハ」と一人で爆笑したんですよ。

あのホームレスが笑うマンガってどんなマンガだろう、それを知りたいと思うけれども、向かい側のホームだから、間に線路があって見に行けない。それでも見ていると、一人で笑って、笑っている。

ああ、良かったなあ、ホームレスの生活なんていうのは楽しいことはあまりないだろうに、こうして何もかも忘れて大笑いするひと時があったというのは、とつくづく思いました。

そんな時私は、良かったね、おじさん、と声をかけたくなります。そして、この人がこのホームに立ってマンガを読んで大笑いするまでの人生を、小説に書きたくなるんです。

まず筋書があってそこにホームレスが出てくる、というのとは、ちょっと順序が違います。筋書の前に、魅力を感じる人間がそこにいるんですね。

どういうわけか、私はホームレスという存在にとても惹かれるんです。

ある日テレビを見ていますとね、やっぱりホームレスの老人が残飯をあさっている。テレビのリポーターが、「こんなところであさらなくても、向こうに行けば食事も貰えますよ」と話しかけると、

「そんなもの俺は貰いたくねえ、自分で食うものは自分で探して食う。それが俺の生き方だ」

と彼は怒ったんです。一瞬で消えた場面ですが、私は本当に胸を打たれて、とても印象に残りました。

この人はこのプライドのためにホームレスになったんだなあ、このプライドがなけ

ればもっと楽な人生を送っただろうに、今だって、上手に立ち回って食べ物のあるところに行列して食べることもできるだろうに、と思いました。そんなに頑張らなくていいじゃないですか、おじいさん、と誰もが言うだろうに、それでも彼はそのプライドを通してきた人なんですね。

七十、八十になっても頑強にそれを守って楽をしない人間、その人の生き様がどうだったか、私はそれを小説にしたくなるんです。この歳になると、そこから想像力を立ち上げていくのが難しくて、なかなか小説は書けませんけれどね。

私はよく怒る人間として知られていますし、それは怒るけれども、人間は好きなんです。人間を愛しているというところ、それだけで私は小説を書いてきたんじゃないかなあ、と思うんですね。

「女に小説は書けないよ。女はいつも自分を正しいと思っている。そしてその正しさはいつも感情から出ている。だからダメなんだ」

小説を書き始めたはいいですけど、黙って載せてくれるところはありません。新潮社や講談社、中央公論社、文藝春秋などを回って、文藝誌の編集部に持ち込み原稿というのをやるわけです。今はいろんな雑誌が新人賞を作っているから、作家になりたいと思ったらそこへ応募すればいい。しかし、昔は新人賞というものはありませんでした。

とにかく活字にならないことには何も始まらないので書いて持って行くと、編集者のデスクの脇に、山のように持ち込み原稿が積んでありました。その後、原稿を手渡した編集者にしょっちゅう電話して、「読んでくれましたか」と聞く。まだ読んでいない、と言う。そこでたじろがずにしつこく電話するんですよ。すると仕方なしに読んでくれます。

ようやく「読みましたから来て下さい」と言われて出かけると、「もう少し勉強なさらなければ」と、ボロクソに言われるわけです。書いても書いても同じことの繰り返し。

なかなか商業雑誌には原稿が載らないので、自分たちで雑誌を作ってお互い切磋琢磨しようと、文藝誌を作ることが当時は流行っていました。同人雑誌と呼ばれて、お金集めから執筆、編集、合評、そして出版社や作家に勝手に送る。何でも自分たちでやります。

私が参加したのは『文藝首都』という、当時わりと有名な同人雑誌でした。小説家の保高徳蔵先生が新人作家を育てようと作った雑誌で、芝木好子さんや大原富枝さんがここから巣立ちました。でも、雑誌はいつも赤字で印刷代や紙代にも事欠くので、ヒマだった私は金策のために駆り出されて、方々の作家のところへ寄付を頼みに行かされる。

その頃、吉田一穂《いっすい》という物凄い難解な詩を書く詩人がいたんです。私なんかは吉田先生の詩を読んでもサッパリ意味がわからなかったですけど、どういうわけか、『半世界』という同人誌の創刊号に載せた私の小説をお読みになり、

「ちょっとこれは面白いじゃないか。佐藤っていうのか、いっぺん連れてこい」

と先生が仰って、同人雑誌の仲間に連れられてお宅へ伺ったんです。

でも、吉田先生は詩人ですからね。「詩でもって金をとろうと思うのは邪道だ」と

いうお考えですから、当然貧乏なんですよ。空襲で焼け残った昔風の家で、ガラス障子がはまった玄関をがらっと開けると土間がある。そこから一段上がると二畳の畳敷きがあり、普通はそこを通って奥の間に入るものなんだけれど、先生のところはそこが……つまり玄関の土間を上がって通過するだけの二畳が先生の書斎なんです。そこに小さな机と瀬戸の古火鉢を置いて、先生が座っておられる。一緒に行った人が、「先生、お手洗いを拝借したいです」と言ったら、

差し上げた父・紅緑の着物を着てご機嫌の吉田一穂先生

「しょんべんか、しょんべんなら庭でしろ」

見ると庭の柿の木に、ジャーと押すと水が出てくる昔風の手洗いと手ぬぐいがぶら下がっている。吉田先生のところへ行く人は、庭の柿の木でおしっこしなければならないんですよ。だから、女は先生のお宅へ行

けない。だけど私は膀胱が特大なのか、トイレにはあまり行かない人間なもので、唯一の女弟子になれたのです。

お書きになるものは難しくてよくわからないんだけれども、仰ることが胸にストーンと落ちることはありました。

ある時、先生がこう仰った。

「女に小説は書けないよ。女はいつも自分を正しいと思っている。そしてその正しさはいつも感情から出ている。だからダメなんだ」

他はわからなかったけれど、その言葉だけは身に沁みたんです。なるほど、自分を顧みると、私にはそういうところがある。

感情でものごとを決めるから、何でも自分を正しいと思っているところがあることに気がつきました。

客観性を身に付けること。客観性、客観性。そこから始めなければならないことに気がついたのでした。作家としての性根が入ったのは、吉田先生のお蔭だと思っています。

「君はね、平林たい子さんのような作家になりなさい」

同人雑誌に出入りするようになると、文学仲間ができました。やがてその仲間と自分たちで新たに『半世界』という同人誌を作り、居酒屋で遅くまで話し込んだり文学談義するようになります。その『半世界』に参加してきたのが、川上宗薫でした。

北原武夫という作家がいますね。宇野千代の夫だった人で、とても包容力のある繊細で純粋な人でした。川上宗薫は北原さんに認められて師事していましたが、ある日、私を北原さんの家へ連れて行ってくれた。それをきっかけに、私も北原さんに教えて頂くようになったんです。ある時、私は北原さんから、

「君はね、平林たい子さんのような作家になりなさい」

と、言われました。

平林たい子さんというのは、なんと言ったらいいか、手負いのイノシシのような人ですね。プロレタリア運動家でもあった小堀甚二という評論家がご主人でした。その

平林たい子・小堀甚二夫妻

ご主人が平林家のお手伝いさんに手を付けて、子どもができちゃった。平林さんはそうとは知らないから、お手伝いはつわりが始まっているのか、どうも様子がおかしい、妊娠しているんじゃないかしら、相手は誰かしら、と言うと、小堀甚二が「うーん、誰だろうな」と言う。いつも二人で話題にしていたんです。

ところがある日、その相手は小堀さんだとわかった。それがわかった時、平林さんは小堀さんを殴って殴って、朝日新聞に電話して、

「私は小堀と離婚します。これからちょっと来て下さい。それについて話します」

と言ってね。記者がやってきたら、「これを見てください」と自分の手を突き出した。その手は小堀さんを殴ったために紫色のグローブみたいに腫れあがっていた、んだそうですよ。

北原武夫・宇野千代夫妻

その平林さんみたいになれ、と、北原さんは私に言うんです。

「北原先生は、平林さんのどこが好もしいのですか」

と聞いてみました。すると北原さんがこう言うんです。

文藝誌の『群像』では毎月、作家が三、四人で前号に掲載した作品の合評会を行っていました。ある時、北原さんは平林さんと合評会に出ていて、ある作品をめぐって物凄い激論になってしまったんだそうです。

「もう平林さんの顔を正視できないような議論をしてしまったので、その後の食事の席ではどうにも居心地が悪くて、早く帰りたいような気持になっていた。なのに、平林さんは平気で、『ねえ北原さん』と何事もなかったように話しかけてきた。

男の僕でもきまり悪いと思っているのに、ああいう風に平気でね、前の議論は前の議論、それはそこだけのもので後は引きずらない。素晴らしい女性だ。ああいう女性になりなさい」と。

私を上回る激情家の無鉄砲な人であることがよくわかりましたが、併せ持つ濃い情念を客観視して平気で披瀝する大胆さというか勇気というか、とても私なんぞがマネできる人物ではないんです。

たしかに共通のものはあるけれど、私なんぞ小者です。私は亭主を殴るところまではいかなかったですね。いや、実はいっぺん試みたことがあるのですが、向こうは妙に機敏で、逃げられました。

「苦しいことが来た時にそこから逃げようと思うと、もっと苦しくなる」

モルヒネ中毒の夫が死んだ後、よせばいいのに私はまた結婚したわけです。田畑麦彦という同人雑誌仲間の作家です。そしてその男が事業をやって失敗し、二億円からの負債を負いました。昭和四十年代の二億円というと見当もつかない額でした。あまりに大きな額で、悲劇の実感がなかったくらいです。

その頃私は、整体の臼井栄子先生のところへ体の調節をして頂きにあがっていました。臼井先生は、野口整体を始めた野口晴哉先生の一番弟子と言われた方です。

倒産した日の翌日に、小学校の同窓会がありましてね。出席の返事を出していたのが、夫が経営していた会社がその前日に倒産したのです。さすがの私もへこたれてうつ病みたいになり、同窓会なんかにとても出かける気になれず、これではいけないというので臼井先生のところへ伺ったんです。

まずうつ伏せになって、背骨の調子を先生がご覧になる、その途端に先生が、

「佐藤さんどうしたんですか、いつものあなたの体と違う、何かあったんですか」

と聞かれました。

「実は亭主の会社が二億円からの倒産をして、今日は同窓会に行くことになっていたんだけれど、とても行く元気がなくて先生のところへ伺いました」

と答えると、臼井先生はこう言われたのです。

「佐藤さん、これからその同窓会に行きなさい。行きたくなくても行きなさい。苦しいことが来た時にそこから逃げようと思うと、もっと苦しくなる。逃げないで受け入れた方が楽ですよ」

と、仰った。私は先生をとても尊敬しておりましたので、仰ることはすべて聞いて実行していたのです。それで、その足で同窓会へ行きました。「佐藤さん、遅かったね、何してたの」と聞かれるものだから、「実は夫の会社が昨日倒産して」と言いましたら、男の人たちは、

「君は亭主の会社が倒産したというのに、よく同窓会なんかにノコノコやってきたなあ。俺たちならとてもそんな元気はない」

と口ぐちに言って、驚いたんです。

それで私は、

「ああそうか。誰でもこんな時には、同窓会に来るもんじゃないんだ。それを私は臼井先生の力で来たんだ。よし、このまま逃げないで進んで行けばいいんだ」

「その方が楽」という言葉に縋りましたね。逃げたら苦しくなる、楽になりたいとい

う一心でした。

なぜ私は収入もないのに夫の借金を肩代わりしたのか。それは自分でもよくわからないんです。べつに保証人になっていたわけでもないんですよ。なのに、片っ端から肩代わりのハンコを押してしまったんですね。

つまりは、自分で選んだことなんです。何も借金取りに無理やりとっつかまって、拷問うけて、それで裏書したわけじゃない。

これがみんなわからないんです。「なんで、なんで」と言うんですね。なんでと言われても、私にもうまく説明できない。

借金取りが家に来ますでしょう、そして紙切れをこちらへさしつけて、血相を変えてグチャグチャ言ってくる。すると、

「何だこの男は。たかがカネのために顔色を変えて、恥ずかしいと思わないのか」

と言いたくなるんです。でも、そんなことを言う資格はこちらにはないから、情けないやら腹立つやらで、

「うるせえな。ハンコ押しゃいいんでしょ、ハンコ押しゃ。押しますよ」

と言って、裏書の判を押してしまった。一種の狂気というか、ガムシャラに生きた父の霊がついたのかも。だって、返すあてなんかどこにもないのにね。

当時の私の原稿料は、四百字詰原稿用紙一枚で五百円くらいです。それで少女小説は書いていましたが、それ以外は年に一度か二度、本当にお情けで読物雑誌に書かせてもらっていたくらいで、どう転んでも夫の借金が返せるわけがない。それなのになぜハンコを押したのか。それは私にもよくわからないんですね。

今でも思い出しますけど、会社が倒産した人間というのは、表に出られないんですよ。表に出るといつ借金取りと会うかわからないので、うちに隠れているよりしょうがない。それで夫はテレビの前に寝転んで、腕を枕に寝ているんです。私は、当時小学校二年生の娘が翌日学校に着ていく服にアイロンをかけたり、ご飯の後片付けをしたり、その後で小説も書かなければならない。

その頃は私の書く少女小説だけが唯一の生活の糧でしたから、どんな時でも書かなければならないんです。

子どもを寝かせた後、小説を書くという仕事が控えているのに、亭主の方は寝転んでテレビを見ている。さっきも言いましたが、そうするよりしょうがないわけなんですよね、倒産した男というのは。でも、私にしてみたら、

「なんだ、テレビばっかり見て。私にばっかり働かせて」

という思いがあります。

それを夫に向かってグチャグチャ文句を言うのは、いかにも自分が情けない人間になったような気がするんですよ。それで我慢してアイロンをかけていたら、夫が一言、

「紅茶」

と言う。

「何が紅茶だ！」

と、はらわたが煮えくり返る思いです。

紅茶中毒みたいな男でしたからね、朝から何べんも飲む。それをその時はいちいち淹れてやっていたんです。今の若い旦那さんたちは、食事の後のお皿まで洗いますからね。大したもんだと思いますよ。ところがこっちは倒産して女房にいろいろ世話になっているくせに、「紅茶」。そういう時代だったんです。

それで、朝から何べんも淹れて出がらしになっている紅茶の葉っぱの上にまた熱湯を注いで、スプーンでギュウギュウ押すと色だけは出るんですよ。香りは何もないけれども、それを出すと、「はあん」と鼻先で言って受け取りました。

私は黙ってその傍でアイロンをかけている。そのうちにムラムラと怒りが込み上げてきて、いきなりアイロンを振り上げてバーンとね、紅茶茶碗を殴ったんです。茶碗は二つに割れてざーっと紅茶が流れた。

夫は「何をするんだ」と言ったので、私は「紅茶茶碗を割ったんです」と冷静に言いました。彼に怒る資格がないことは、彼にもよくわかっています。だから、だまーっている。私もだまっている。沈黙の中、いきなり小学生の娘がパタパタと風呂場へ走って湯加減を見ている。今思うと、胸が潰れる光景です。一番可哀そうなのは子どもですよね。

その時の光景は今でもまざまざと浮かんできます。私にとっては忘れられない一夜でした。

まあねえ、その頃から私はだんだんと戦う女になっていったんだと思います。倒産という大きなことがなかったら、戦う女にはならなかったと思いますね。ちゃんとした働き者の夫と暮らしていたら、どうしようもないのらくら女房になっていたんじゃないか、という気がします。

「塁を盗むとは何事か。正々堂々の戦いにあらず」

私は北海道の浦河という町の、山の中腹に一軒家を建てて、夏の間はそこへ行っております。山の中腹ですから、山全体が自分の庭といっても誰も文句は言わない、そういうのびやかなところです。

特に建てた当時は、まだ庭木も何もない運動場みたいな場所だったんですね。ある日そこに一人でおりましたら、窓の向こうからだんだん近づいてくる人が見える。ボロをまとって背中を丸めた、お爺さんだかお婆さんだかわからないような人なんです。近づいてくると、右手に出刃包丁を下げているのが見えました。

私は一人暮らしだし、丘の上に何者か知らない女がやってきて家を建てたというの

で、

「なんだ、女のクセに高いところから我々を見下ろすのか」

と顰蹙する声も町にはある、と聞いていました。それで怒ってやってきたのかなあ、それにしても出刃包丁は穏やかではないなあ、と思いました。

その瞬間にもう、私は戦う姿勢になるわけですよ。怖いとか、どうしようとか思う前に、

「よし戦うぞ！」

という気持ちになる。

四つある部屋の窓を全部閉めて、カギをかけました。そして、大きな鍋から、やかんから、全部出して水を入れてガスにかけ、お湯を沸かし始めました。入ってきたら、その熱湯を頭からぶっかけてやろうと思ったんです。

楠木正成が千早城の戦いで、城の上から熱湯やら何やらかけて城壁を上ってくる敵兵をやっつけた、と小学校の時に習った故事を覚えていたんですね。腕力では負けるから、近づいてきたらぶっかけようと、ジャンジャンお湯を沸かして、今か今かと待

っていた。

ところが、シーンとしたまま何の音もしないし、お湯は煮えたぎるし、ガスの火は止めていいのやら悪いのやらわからない。仕方なくそーっと見に行きましたら、彼か彼女かわからないその者は、私の家の裏手にしゃがんで何かしている。そこは野生のフキがたくさん生えていましてね、それを出刃包丁で採りに来たフキ採りのおばあさんだったんです。

なあんだ、と気が抜けると同時に、ちょっとガッカリしました。お湯をぶっかける時の段取りをどうしようか、なんてけっこう念入りに考えていたもんですからね。

後で考えますと、その時にすべての部屋の窓にカギをかけた、と言いましたでしょう。それは何のためかというと、侵入してきた敵を逃がさないためなんです。自分が逃げる、ということは考えなかったんですね。

だから、実際に敵が来て、向こうの方が強くて逃げなきゃならないという場合は、カギがすぐには開けられなくて自分がやっつけられることになる。そこまで頭が回らないんです。

敵を逃がさないということしか考えず、自分が逃げることは考えない。

これは、私のように生きたらロクなことにはならないという象徴的な話です。私に人生相談なんかしたら、それはもうメチャクチャになるということがわかりますでしょう。よく覚えていて下さい。

「カネカネと言う奴にロクな奴はいない」以外に、私の父がよく口にする言葉がもう一つありまして、それは「正々堂々」という言葉でした。何かと言うと、「正々堂々」と言いました。父は野球が大好きで、四十歳を過ぎて「茗荷谷クラブ」という草野球チームを作り、総監督の上にセカンドを守って九番を打っていたくらいですが、敵が盗塁をしますとひどく怒って、

「塁を盗むとは何事か。正々堂々の戦いにあらず」

と試合を中断してしまうんです。「正々堂々と戦おうじゃないか」と相手チームに言うんですが、そんなもの野球では通用しませんからね。

川上哲治さんという名監督がいらっしゃいますけど、後に私は川上さんと、初代の若乃花関と三人で、テレビの鼎談に出演したことがあります。その時に父の話になっ

て、さっきの話、「盗塁するとは何事か。卑怯なり」と父が言ったという話をしましたら、司会のアナウンサーが、「いやあ、川上さん、困りましたねえ」と言うんです。私はそこで初めて知ったんですが、川上さんは盗塁の名手だったんですね。

昔、男の作家が集まった時、佐藤はなんであんなにムチャクチャに借金を背負ったんだ、という話になったそうです。よっぽど田畑麦彦に惚れてたんだろう、「惚れてる」ということで議論が落着した、ということを、後で脇から聞きました。

そんな話じゃないんですよ。

私は正々堂々と生きたいんです。道を歩いていて向こうから借金取りがやって来るのに気がついたら、慌てて逃げなきゃならないでしょう。そういう生活は私にはできないんです。

「田畑麦彦に惚れてるからだ」なんて、冗談じゃない。そんな情緒的な人間ではないんですよ、私は。もっと広く天下をどう歩くかということを考えて生きていますからね。そういう人間がいるということさえも信じられない。みんな損得ばかりを考えている。だから私は奇人変人ということになってしまうわけですね。

「正々堂々」と「自由に生きる」ということが、私の中でつながるんです。正々堂々でない自由というのは、私には考えられないことです。

しかし、そうは言ってもそれは夫の会社の借金であって、佐藤さんが借用書に裏書したとか、保証人になったとか、そういうことではないのだから、何もあなたのところへ尻を持ち込まれたからといって、それに応える必要はないのだ、と人からよく言われました。バカだねえ、信じられない、とね。

でも、お金を貸した人にとっては私の夫が裏切ったことは確かなのだから、裏切った方が悪い。そう思って、私はハンコを押しちゃうんですね。

そんな風に、あっちに百万、こっちに二百万、あるいは十万、五十万、と、後先考えずにハンコを押しました。それがだんだん、だんだん積み重なって、一千万、二千万、三千万、と増えていく。ところが、算数がよくわからないもんですから、計算できないんです。

気がついたのが昭和四十二年のことですが、私自身の借金の総額は三千五百万円くらいに膨れ上がっていました。それでも、その数字の意味はよくわからなかったですね。

まあ、しょうがない。そうなったからには、自分の行ったことの尻拭いをしなければならない。だから働いて払えばいいんだ、ということで、働きまくったわけです。

「人間は自分のしたことの責任は自分で取るものですよ」

会社が倒産してからは次から次へとひどいことが襲い掛かってきて、息つくヒマもない有様でした。そんなある日、また新たにわかったことがありました。田畑が友人二人の家を抵当に入れて、お金を借りていたんです。そして、会社が潰れると、抵当に入れていた二軒の家が担保として取られてしまう。そうすると、友人一家は路頭に迷うことになる。

これを救わなきゃならない、ということになって、私が山谷の金貸しの親分のところへ行くことになりました。金貸しの親分ですから、怖い人なんですよ。とにかく金を持っているんだから、そこへ行って借りてくれ、と亭主が言うんです。私はすでにいくらか亭主の借金を肩代わりしているんですよ。それにもかかわらず、頼むから行ってくれ、と。

止めてくれる人もいました。その親分は長崎県の出身ですが、長崎県人会からも入会を拒まれているという。長崎県出身の友だちから、私が行けばどんな目にあうかわからないから止めろ、と電話がかかってきました。

画家の永田力さんや、川上宗薫さんも長崎県の出身なんです。川上さんは、

「愛子さん、やめろ。もう十分なことをしたじゃないか」

と言うんです。それで私は川上さんに、

「川上さん、あなたが川のそばを歩いていたら、川で溺れかけてアップアップしている人がいる。その時にあなたは知らん顔をして通り過ぎることができる？」

と聞いたんです。そうしたら川上さんが、

「君の言うことはわかる。わかるけど、君は泳げないんだよ。泳げないやつが人を救わんとして水に飛び込んだら、余計に人に迷惑をかけることになる」

川上宗薫にしては実にいいことを言う、と私は思いました。そう思いましたけれど

も、私はお金を借りに行ったんです。

そして、その親分に会いました。

山谷は当時、とても怖いところだったんです。その山谷の真ん中に小さな平屋があって、「勉強屋」という看板がかかっている。金貸しで勉強屋というのもなかなか面白いな、とまあ、悲嘆の際にも私はそういうことを思う人間でしてね。

それで、かくかくしかじか、と頼んだら、親分は言いました。

「奥さん、あなたの気持はわかるけれども、家に抵当をつけさせるというのは、万が一を考えて普通はしないことなんですよ。鍋釜を貸すのとは違うんです。それをつけさせたということは、それなりの覚悟があったからでしょう。覚悟がないなら、その人たちが愚かであったということです。

人間は自分のしたことの責任は自分で取るものですよ。奥さんが横から出て行って、他人の愚かさの尻拭いをすることはない。だから、おやめなさい」

と言いました。

それはその通りだと私も思います。でも、私は言いました。

「仰る通りで、それは私には何とも言えません。ただ、あの人たちには子どもがいるんです。小学校に行っている子どもが。その子どもはどうなるんですか」

そう反問したとたん、激して、ワーッと大声を出して泣いたんです。親分はその大声に驚いたのか、しばらく黙っていましたけれど、

「じゃあ、貸しましょう。金利は銀行並みでいいですよ」

と言ってくれました。その頃は二軒の家と言ってもまだ安いもので、併せて千五百万円くらいでしたけれどね、金貸しですから、本当は金利をトイチくらいは取っていた人だろうと思います。でも、銀行並みにしてくれました。それで私は二人の友人の家を救うことができたんです。

その時に私は、長崎県人会が何と言おうと、この人は本当に立派な人であると尊敬しました。世間がどう言おうと、誠心誠意自分でぶつかれば必ず道は拓ける。それを教えてくれたのは、この親分なんですよ。

そして、カネの損よりも、何よりも、自由でいたいということが、やっぱり私の人生の基本になるのではないか、とこの頃思うようになりました。

「すみませんが、夕方までここに座っていていいでしょうか」

ある日のことですが、借金取りの一人がやってきました。当時、夫は雲を霞と逃げ出して、女房の私もどこにいるのかわからない。行方をくらましていたんです。私は子どもの学校がありますから、一緒に姿をくらますわけにはいかない。すると借金取りがやってきて、会いたいと言うわけです。

会いたいと先方が言うからには、私は会うんです。

うちの応接間には、お金がないので買い換えられないままの古い長椅子がありました。昔の椅子というのは、中に針金のゼンマイみたいなものがある。それが壊れていましてね。針金が下から突き上げているんです。そこへ坐るとみんな、お尻をもじもじし始める。そうして、ちょっと早めに帰ってくれるんです。

三人掛けの長椅子の、真ん中のところがそうなっていましたので、借金取りが来ると「どうぞ真ん中へ」と勧める。すると、ちょうどうまい具合にみんなその上へ坐るんです。

その日来た人はね、お尻の下からは針金が突き上がっているであろうに、何も感じないのか、ずうっと座っていました。それがわずか十万円の金のためなんです。

その日、うちにはお金が一万円しかありませんでした。その一万円で明日は子どもの給食費や修学旅行の積立金を持たせてやらなければならない、そういう状態でした。

それで、「いやあ、気の毒だけれども、うちには実は一万円しかなくて、子どもに持たせてやらなきゃならないのよ」と正直に言いました。するとその人が、

「困りましたなあ、お互い辛いですなあ」

と言って、

「じゃあ、すみませんが、夕方までここに座っていていいでしょうか」

と聞くんですよ。

なんで夕方まで座っていたいかというと、手ぶらで帰ったら奥さんに叱られる、と言うんです。

その時私は、ああ、この人は本当にいい人なんだなあ、と、非常に胸を打たれまし

てね。女房が怖くてですよ、下から針金が突き上げている椅子の上に夕方まで座っているると言うんですから。こういういい人をなんとかしたいと思って、考えました。仕方がないので、そのなけなしの一万円を半分にして私は残りの五千円で何とかするからこの五千円をあなたにあげる、と言って、その人は夕方まで座っていて帰りました。

あの倒産の時、いろいろなドラマがありましたけれども、今の私の心に残っているのはその人のことだけです。なぜ残ったかというと、それほど女房が怖いのかという、そこに私は一掬の涙をそそぐわけですよ。

うちの亭主もおそらく、うちにいて私の顔を見ているよりは外を彷徨っている方が楽だったのかもしれないですね。まあ、そんなものですよ、人間なんていうのは。

敵は外にばかりいるわけじゃなくて、うちの中にもいるという。

そんな風にね、人間の面白さ、哀れさが、何ともいえず私の目には見えることがあるんです。ああ、この人も一所懸命に生きているなあ、女房を怖がりながらこうして借金を取りに回っているんだなあ、と思うと、しみじみとハグをしてですね、お互い頑張りましょうよ、と言いたい気持ちになるんです。

だからね、カネモチというのは私は嫌いなんです。やっぱり貧しくて、それで一所懸命に暮している人を見ると、お互いに助け合っていきましょう、とそんな気持ちになります。ところが、そんな気持ちになっているところを、相手の方は平気でピシャリと裏切ってくる、なんてこともあります。

だけど、それもまた人間の一部なのでね。

そういう経験の積み重ねで、私は小説家になれたのだと思います。

「君は男運が悪いんじゃない。男の運を悪くするんや」

夫の会社が倒産した時、私はまだ一人前の作家ではありませんでした。あの倒産を経験していなかったら、どうなっていただろうと時どき思います。

人生というのは、わからないですね。マイナスがあった時に、そのマイナスがあったからこそ後のプラスが生まれたんだ、ということが、長く生きているとわかることがあるんですよ。だから、いまマイナスが来ているからって、ちっとも悲観することはないの。このマイナスがプラスになる時が必ず来るから、その時にプラスにすればいいんだと思う。

私はわりと豊かな子ども時代を過ごしていますから、貧乏というのはものすごく不幸なことだと思っていたんです。

お父さんが今こうして働いていてくれるから私たちはぬくぬくと暮らしていられるけれども、お父さんが死んじゃったら、私たちはどうなるんだろう。子ども心にそう考えたりするほど、私はやっぱり贅沢に慣れたお嬢さん育ちだったんです。

ところが実際に貧乏になってみますとね、どうっていうことはないんですよ。朝になったらお日様は上がるし、夕方になったらお月様は出る、そのことに変わりはないわけで、まあ、こんなものか、というね。

着る物だって買うお金がないから、母の遺した着物を着ていました。私の母は元女優で衣装道楽でしたから、普段でもいいものを着ていたんですね。

他に着るものがないからそれを着ていると借金取りがやってきて、「カネがない、カネがないといって他人に迷惑をかけているくせに、いい着物を着ている」

と怒るわけです。

買う金がないからおふくろの遺した着物を着ていて何が悪い、と私は思うもんですから、借金取りがそんな風に攻撃してきても、屁とも思わない。そんな調子ですから、あらぬ疑いもかけられました。

「あの女は、いつ行ってもやたらと元気なんだ。これほどの借金を背負っていて元気でいられるのはおかしい。どこかに金を隠しているに違いない」

なんて言われました。でも、別に無理に元気にしているわけではないので、元気なんだからしょうがないじゃないですか。

貧乏になると、何かこう陰気な顔をしなければいけないものなんですね。そうして涙にくれたりなんかすると、他人は「まあ、あの奥さんも可哀そうに、ご主人がこうこうだからあんな生活になっちゃって」と同情してくれるんです。

それが元気でいるもんだから、「あいつは金を隠しているに違いない」となる。

世間というのは本当にいい加減なものだなあ、だから世間の人があぁ言った、こう言った、なんてことを、いちいち気にしたり嘆いたりする必要はないんだ、向こうは人間の真実なんかわかるわけがない、ただのアホなんだ、とつくづく思いました。

元気でいられた理由の一つは、「カネに執着するな」という父の教育が結局はものを言ったんじゃないか、と思います。ああ、○○円も損した、もしこのお金があれば、なんてクヨクヨ考えていたら、きっと私はあの時ダメになっていたでしょう。

「カネみたいなもの、なんだ」

と思っていたからこそ元気でいられた。

父の教育のためにこうなったけれども、そこで救ってくれたのもまた父の教育なんです。

こんな風に、私は実に楽天的に出来ているんです。まあ、それは非常に稀有な楽天性だと言われたことがありますけどね。

申しました通り、私は倒産亭主の前にもいっぺん結婚していて、それがモルヒネ中毒になって死にました。遠藤周作さんが言うんです。「君は男運が悪いと思っているかもしらんけど、君は男運が悪いんじゃない。男の運を悪くするんや」

そう言われればそうかもしれないし、まあ、そんなことはどっちでもいいんですよ。男運が悪い、というと何やらジメジメした話になりますが、男の運を悪くする、というのは何か凄い力があるみたいでいいじゃないですか。

借金を背負った当時のいきさつを、『戦いすんで日が暮れて』という小説に、これは書くしかないから書きました。そうしたら、その作品で直木賞を受賞したんです。途端に仕事がどっと来ます。そういう点では出版社もいい加減なものですね。賞をもらったからってね、急に小説がうまくなるわけでもないんですけど、それで何とか生活できるようにはなった。

私は忘れていましたけれども、いつもボロクソに批評していた編集者が、私が直木賞をもらった時にね、

「いやあ、佐藤さんはねえ、変わってましたよ。たいていの人は持ち込み原稿を持っ

てくる時に、不出来ですけど読んでみて下さい、というのに、あなたはね、これ傑作ですから読んで下さい、と言う。あの時から私はあなたを変わった人だと思っていましたよ」

と言いました。ボロカスに批評されると私は、「いや、それはあなたの読みが浅い」とか言うわけですね。それですっかりその人と親しくなって、直木賞を貰った時には一緒に喜んでくれました。

直木賞受賞の記者会見を終えた後、会場だった新橋の第一ホテルから駅に向かって二人で歩いていると、月が出ていました。ちょうどアポロが月へ向かって飛んでいる夜だったんです。

「今ごろ、アポロが月へ向かって飛んでいるときですね」

「そうですな」

と、そんな風にのんびりしたものでした。今はもう、賞をとったらマスコミ各社が待ち構えていて、お祭りの中に放り込まれるみたいな騒ぎだと聞きますけれど、当時はそれで何とはなしに作家というものに片足がかかった、そんなものでしたね。

借金取りであっても、かつて喧嘩した人であっても、何年かのちに会ったときに、「あ、こんにちは」と平気で言える、私はそういう風に生きたいのです。

まあ、実際には私の方でそのつもりでも、喧嘩した相手はいつまでも根に持っていたりします。挨拶してもプイと横向くので、何であの人横向いたんだろう、と不思議に思ったら、「あ、そうだ。何年か前に喧嘩したんだっけ」と思い出す、そういうこともよくありますけどね。

それでもいいんです。私はいつも顔を上げて生きていたい。貧乏だからといってコソコソする必要はないわけで、一万円しかない時にそれを正直に告げて五千円ずつ分けあえば、その人のことはいつまでも心に残るんです。

「あの人どうしてるかな」と思う人がだんだん増えて行くのが、私はとても嬉しいです。私の人生が充実しているな、と思うのは、そういうちょっとした袖振り合うも他生の縁という場合のことで、ああ、人間てのはいいもんだなあ、といつまでも思い出す人がいますね。

第二章　幸福とは何か

福士幸次郎（右）と暮らした頃のハチロー
弘前市立郷土文学館蔵

こんな風に、父の影響、母の影響で佐藤愛子という人間がだんだんと出来上ってきました。そして先輩方からのアドバイスを経て、今日があります。

その結果、他人から理解されないばかりでなく、自分でも何かわけのわからない、ヘンな人間だなあ、と思うような佐藤愛子が出来てしまいましてね。本当に自分でもわからないですよ。

そんな人間が人生を生きるうちに何を幸福と考えるようになったか、というお話をしてみようと思います。

勘定知らずも才能の一つ

私の人生が苦難続きだというお話はしましたけれども、一番の苦難はやはり亭主の借金を背負ったこと。だけど、遠藤周作さんがよく、

「君は苦労が身につかん女だなあ」

と呆れたように言いました。

私は働いて借金をせっせせっせと返していましたけれども、いくら返したか、というのは自分で知らなかったんです。借金というのは金利がどんどんかさみますから、返しても返してもなくならないんですよ。潰れるような会社は高利で借りていますから、もう大概無くなっただろう、と思って明細を見ると全然元金が減っていない。何かインチキをしているんじゃないかと思って文句を言ったら、金利分があるので元金が減らないと言う。

それで私はもう、借金がいくら残っているかという勘定はしないことにしました。すべて銀行経由で、私は働いて自分の口座に入金し、後は勝手に口座から引き落とされて返済されるという形にした。通帳を見なければ、「借金がまだこんなにある」とクヨクヨすることもないと思って、とにかくせっせと働いていたんです。

そうしたら何年か経ったある日、何かの拍子に通帳を見ると、もう借金が終っていたんですよ。私の通帳というのはお金が通り過ぎるだけで、いつも残高はゼロだったのに、なんと一千万円も溜っているじゃありませんか。

そうするとね、これが気になって気になって仕方がない。早くこれを使ってしまいたい、という思いに駆られて、北海道に家を建てて夏だけそこへ行くことにしたんです。それが、先ほどお話しした浦河町の家です。

浦河の町を訪ねた時、安い土地を探してくれた人がいて、その人に「お金はいま全部で一千万円だけど、それで家が建ちますか」と聞いたら、すぐに大工を連れてきてくれた。その大工が「一千万なら建つ」と言う。それで、後は任せて東京に帰って来たんです。

そうしたら、しばらくしたら大工が東京へやって来て、「一千万じゃ建たなくなった」と言う。建たなくなったってあなた、どういうこと？　と聞いたら、私が家を建てた山の中腹まで、下から電柱を十本も立てなければならない。北海道電力は電柱を二本か三本は立ててくれるけれども、残りは私が立てなければならない、水道も引かなければならない、その代金を計算に入れるのを忘れていた、と言うんです。

この話を他人にすると、

「あなた、見積もり取らなかったの？」

と聞かれるんだけれど、見積もりなんてものは私は知らなかったんです。

「一千万で建つ？」

「建つ建つ」

「じゃあ、頼むわ」

それだけで始まった話なんですよ。

だから、契約と違うじゃないかと言おうにも契約してない。

どうしますか、と言うから、

「じゃあ、やめるわ。東京に家があるからやめる」

と言ったら、だけど棟上げしちゃった、と言うんです。

しかも、私はお世話になった編集者に来てもらおうと二階に二部屋を作っていた。

その分建物が大きくなるから費用がかさむ、と言う。

「じゃあ、二階はやめる」と言ったら、棟上げの時に二階の分も作っちゃったから、
今やめるとかえって高くつく、と言うんです。仕方がないから、

「二階はもう大きな屋根だけあればいいから天井は無し、全部外壁だけにして内壁は

無し、床も張る必要はない、二階は広い空間になっていて下だけ使えばいいから、それでずいぶん安くなるでしょ」

と言ったら、それでもお金が足りない、と言う。それで一階も天井無しにした。大工が、

「階段はどうするかな」

と聞く。二階は使わないいんだから階段無しにしてくれ、と言ったら、

「しかし、階段もない二階家を建てたということになったら、俺はこの辺の奴らの笑いものになるから、階段だけは自腹切ってやる」

と言う。それで見たところ二階へ行くような階段を、大工さんが自腹でつけたんです。

そんなわけで、毎年夏に浦河町を訪ねるようになりました。

地元の人たちは丘の中腹に家ができて、女流作家だとかいうけれども何者なんだ、と最初は思っていたらしいですけど、町にアイヌの人たちが住んでいましてね。その人たちと特に仲良くなりました。

浦河に行って良かったなあ、第二のふるさとだ、と今では思っています。何でも失敗しっぱなし、ということはないですよ。その後の生き方によって、いくらでもそれをひっくり返すことができるんです。でも、そのためには楽天的でいることですね。

私がそう言うと、「楽天的なんて偉そうに言うけれど、あなたは単に勘定知らずなだけだ」と言われるけれども、勘定知らずというのもね、一つの才能なんですよ。そういう才能を磨けばいいいんです。

金がなくても「しょがないもなあ」

秋になると、浦河ではお祭りがあります。下の集落に神社があって、若い人がお神輿を担いで家々を回ります。私の家は山の中腹ですから、トラックにお神輿をのっけて、だらだら坂を五百メートルくらい上る。最後の百メートルは特に急こう配で、そこを上がってようやく私の家の庭に入るんです。

うちでは焼きそばやビールなんかを用意しておいて、そこでみんなで少し飲み食いして、またトラックにお神輿を載せて帰っていく。

ある年、私は言ったんです。

いつもトラックにお神輿を載せてくるけれども、あんたたちは漁師でしょう。漁師といえば力自慢じゃないか。その力持ちの漁師がトラックにお神輿載せてくるなんていうのは、情けないと思わないのか。

「来年は下から担いできなさい。そうしたら十万円あげる」

つい、そう言っちゃったんです。言っちゃってから「しまった」と思ったけれども、今更冗談とも言えない。当時は今よりもっと十万円に価値がありました。そうしたら、

「えー、十万かよう」

なんて言っていたのが、

「今すぐやろうやろう。やり直ししよう」

などと言い出した。

「いや、今すぐじゃなくていいよ。来年でいいよ」

と制止したんですが、「いや今すぐやる」と言って聞かず、トラックにお神輿を載せて降りて行ってしまったんです。

何しろ東京なら今すぐ十万円なんとかなっても、北海道ではそんなにお金は置いていませんからね。滞在費用を全部渡しちゃったら明日から生活に困ると思って、娘に「あんた、いくらある?」と聞いたら、二、三万円ならあると言う。それに小銭やら千円札やら混ぜてやっと十万円を作って、待っていたんです。

外へ出てみたら、小鳥がさえずっているだけで辺りはシーンと静まり返っている。急坂を途中まで下りてしばらく待っていました。誰も来ない。アホらしいからやっぱり止めよう、ということになったんだな。良かった良かった、と思っていると、下の方から、

「ワッショイ、ワッショイ」

と聞こえてきたんです。いやあ、エラいことになっちゃったなあ、と思いました。でも、自分が言い出したことだから仕方がありません。

私が立っているあたりまではワッショイワッショイ行けるけれども、最後の急坂に

なると、それはもう大変なんですよね。それで、私は後ろへついて、

「エラい、エラい」

とおだてるしかない。私が後ろでそう言っていたらダウンすることもできずに、みんなで力を合わせて上がってきて、まあ一人だけ転がり落ちた人がいるけれども、ともかく無事に私の家の庭になだれこんできたんです。

みんな気息奄々、お神輿を放り出して、大の字になってものも言えないという状態ですよ。

しょうがないので私は十万円を渡したんですけどね、やっぱり田舎の青年で純朴ですから、「いいよ、いいよ」と言ってくれるんです。だからといって、「そうか」と引っ込めるわけにもいかないから、「そう言わず」なんて押し付けるように渡し、彼らはまたワッショイワッショイ神輿を担いで降りていきました。

私はあの時の喜びと、あの青年たちのことは忘れないですね。

彼らが「いいよ、いいよ」と言った時、「そんなこと言わないで、町へ行ってみんなでワッと飲んだらいいじゃないの」なんて言ったんですけどね。彼らは、

「佐藤さんはああ言ったけれども、いくら何でもそれじゃ申し訳ないよな」と言って、この使い道をどうするか、町長さんのところへ相談しに行ったんです。そうすると町長さんが、老人ホームへ寄付しろ、と言う。だけど若い人たちだから、「老人ホームに寄付しなくたって、そんなことは町でやればいいだろ」ということになった。

ちょうどその年に子ども神輿が壊れてしまって子どもたちが神輿を担げなかったので、「その修理に使おう」ということでまとまりました。それで、翌年から子どもたちが喜んで新しい神輿を担いだんです。

それから何年経ったでしょうか、今は少子化でその集落に子どもは二人しかいないんですよ。幼稚園もなくなり、小学校は三つが併合され、寂しい街になってしまいました。子ども神輿はピカピカになったけれど、担ぐ子どもがいない。

温暖化で魚が獲れなくなってしまったんです。元来そこにいたのは寒流に棲む魚ですからね。それが暖かくなってきたら魚がいなくなったので、漁師は上がったりです。若者の仕事がないから町を出て都会で仕事を探す。町は年寄りばかりになって、お祭りになってもお神輿を担ぐ人がいない。

かつてはワッショイワッショイうちの坂を上がってきた若い連中も、今では年を取ってしまっている。肩に担げなくてお神輿を上に持ち上げるように歩いている、そういう情けないことになって、私は寂しくて仕方がないんです。

これは衰微の兆しですね。

なんだかだんだん、わけの分からない時代になってきました。新幹線で十分なのに、なんでもっと速い電車が必要なのか。私が子どものころは「燕」という特急が東京・大阪間を八時間半で走って、それでも早くなったとみんな大喜びで乗っていたんです。それが新幹線ができると、今は東京・大阪間は二時間ちょっとですか。そして、リニア・モーターカーとかいう、さらに速いのを作ろうとしている。

なぜそんなに時間を短縮することばかり考えるようになったのか。わからないですね。その一方で、どんどん地方が衰微していっている。どうしてみんな一緒に幸せになれないんだろう、と思います。

だんだん浦河の町が衰微して行くのは悲しいけれども、でも、町の人たちはノンキ

で元気なんですよ。魚がいなくて、「どうするの、あんたたち」と聞くと、

「しょがないもなあ」

で終わっちゃうんです。

ある時、襟裳で誰か成功したので、浦河でもまねっこして町おこしにウニの養殖をしよう、ということになったんですね。襟裳で方法を教わって、いよいよ始めました。

ウニというのは昆布を食べるんです。昆布が常食なんですね。浦河の町は日高昆布の中心的産地でして、集落の正面に、ものすごく良質の昆布が自生する小島があるんです。そこの昆布が有名なので漁師たちはそこを宝の島と呼んでいる、そういう小島です。

小指の先くらいのウニの子どもを、「宝の島」へ放してやったら、モリモリ、モリモリ、ウニが昆布を食べるわけです。それでウニは育ったけれども、昆布はダメになった。

「何やってんの」と私は言ったんです。そうすると、

「襟裳の言うとおりにしたんだもなあ」

と言う。

ところがよく聞いてみたら、襟裳では売り物にならない昆布のところへウニを放した。こっちは一番いい所へウニを放した。そりゃ、大失敗ですわね。それでも、

「しょがないもなあ。いい昆布食わせりゃ、いいウニできると思ったもなあ」

とノンビリ言っている。

それでいいんですよ。

「怪しからん。だからいつまでも貧乏してなきゃならないんだ」というんじゃなくて、その貧乏を貧乏とも思わず愚痴も文句も言わずに暮らせるなら、それでいいんだ、と私は思います。

今の人が言う繁栄は、経済の繁栄ですからね。金がなくても「しょがないもなあ」で済ませていられるその精神力というか、鈍感さというか、それもまた才能だと私は思います。

「海はありがたいよお、先生」

と彼らは言うんですよ。

「やっぱりこの辺の魚は少なくはなったけれど、俺たちが食うくらいはいるもんな」と。そりゃ、確かですよね。全滅したわけじゃない。売るほどはいなくても、自分たちが食べるくらいはいるんです。だから、それで食えればいいと言う。何という欲のなさ。

「だからダメなんだ」

とも言えるし、

「だからあんたたちは幸せなんだ」

とも言える。

それは人の考え方次第ですよね。

今は物質的な価値観が上から下まで、みなぎっていますから、「そういう生活力の無さは何とかせにゃイカン」と考える人が多いかもしれません。でも、本人がいいと言うんだからいいじゃないか、と私は思うんです。

北海道の人がみんなそういう風だ、というのではありませんよ。私のまわりになぜかヘンな人が集まってくるだけかもしれないけれども、それでもやっぱり、十万円で子ども神輿を修理したという話は、私は忘れません。いつも思い出して、豊かな気持になります。

ただ、そのうちに人間の考え方もだんだん変わります。今年のお祭りは年寄りが担いでいるだけではサマにならないから、というので近くの集落から担ぐ人を頼んできたんですね。そして、元気よく暴れ回ったために お神輿が壊れちゃった。

私がお祭りの日に神社へお参りに行きますと、みんな担ぎ終わって車座でお酒を飲んでいた。

「先生、神輿壊れちゃったんだよ。また買ってくれよな」

と言うんです。

「何を言うか。あんたたちが担いでうちまで来たからお金を出したんだ。何もしないで、佐藤愛子に頼みゃ神輿ぐらい買ってもらえると思う、その精神がいかん。バカヤロウ。誰が買うか」

と言って、帰ってきましたけれどね。それだけ人間に謙虚さがなくなりましたね。甘ったれになりました。

まあ向こうにしてみたら、突然何を言いだすかワケがわからん、ということかもしれませんけれどね。

父は狂い犬、娘は暴れ猪

高島易断というのをみなさんご存知だと思いますけれども、暦の冊子がありまして、年末になると誰かに貰ったり、買ったりして、どこのうちにもたいてい一冊はあったものです。そこに、来年の亥年はこうであるとか、戌年はこうであるとか、それぞれの干支について注意事項のようなものが書かれているんです。

まあ、半信半疑ながら良い事が書いてあれば嬉しいという、そういう気持ちでみんなお正月の暇な時にそれを眺めては、喜んだり悲しんだりしたものです。

その高島易断の古い本に、「秘伝　開運の秘訣」というのがあったんですね。そこには、十二支一代の運勢が書かれている。河野多恵子さんが私に一冊送って下さったので、読んでみました。

私は亥年でしてね。猪突猛進という言葉があるように、何に対しても強く真直ぐ走って行くというイメージが亥年にはありますけれども、その亥年の中にも、十干と言って五つに分けた星があります。

この本は、さらに生まれた月と日まで考えて、一つの干支を分類してあるんです。私は十一月五日生まれですから月始めになりますけれども、同じ十一月生まれでも、後ろの方に生まれた人とはまた別の運勢になるわけですね。

亥年のところを開けましたら、まず勇猪《いさみじし》というのがある。これは別名、男猪《おとこ》と言います。それから遊猪《あそび》、それから病気がちな猪は弱猪《よわ》と言います。さらに、家猪《いえじし》というのは別名飼猪《かいじし》といって、これは動物園なんかで飼い殺しにされているような猪ですね。食には困らないけれども、精神の自由がないというのが飼猪で、どれがいいか悪いかというよりも、自分はどれでありたいと思うか、ということですね。

食に困らないのを良しとするなら飼猪でもいいですけれども、私のような人間は自由がないとイヤだから、飼猪はごめん。しかし、いくらごめんと言ったって、そのように生まれてきたら仕方がないわけです。

最後に、荒猪《あらじし》、別名暴《あば》れ猪《じし》というのがいます。この五種類の中で自分のはどれか、と調べるわけですが、調べる前に私にはもうわかりました。暴れ猪に決まっています。

その暴れ猪に、かいつまんでこんな注釈がありましてね。

「この年の者は乱暴な性格でムチャクチャな行動や常識はずれの発言が、一種狂気のごとく、あるいはお調子者のごとく、人気もあれば逆に憎まれもする。さらにこの生まれの者は正直で曲ったことを嫌い、ウソの無い人である。が、短気でひとたび怒り心頭に発すれば、いかなるものも恐れず突進する」

そして、こういうことを警戒するように、と注意を促す「警戒事項」というのがあって、十一月生まれのところには、こんな内容のことが書いてあるんです。

「十代の時に、薬と毒薬を間違えて飲んで重体になる。また、他家へ行って他人の品物を取り違えて盗賊扱いされる恐れあり。

二十代は、不良に誘惑されて身を誤ることあり。友人に頼まれてその者の責任をかぶり罪を負うことあり、義侠心もこのぐらいご丁寧になればバカに近いと笑われる。

三十代は、他人の事件で旅行し、道中乗り物が転覆して負傷することあり。

四十代は色情のために配下の者より刃傷される。

五十代は狂犬毒蛇の類に噛まれて全身に病を受ける。

六十代は地震落雷により自宅壊滅する」

ヒドいじゃありませんかねえ。もうここまでくれば、お見事といって感心するしかない。これを書いた人は、イノシシ年の暴れ猪十一月五日生まれに対して何か恨みがあるんじゃないかと思います。

そして七十代八十代は、と思って見ましたら、これが無いんです。無いということは、六十代で死んじゃうことになっているんですね、きっと。

最後に、訓戒と励ましがありまして、

「この生まれの人は、無鉄砲を注意し軽率を慎み、正直と親切を忘れず、よく物事の前後を考え、気長に努力を続けるならば、イノシシ武者に終わることなく、おのずと願いは成就し、晩年も幸福に暮らせる」

こんな励ましが気休めのように最後についておりましてね。

ここまでヒドいといっそ嬉しくなって、「私はこういうヘンな生まれなんです」とみなさんに笑ってもらいたくなるのが私の困ったところなんです。

当っているといえば当っています。でも、「無鉄砲を注意し軽率を慎み、正直と親切を忘れず、よく物事の前後を考え、気長に努力を続けろ」と言われても、それができないのがこの暴れ猪の性《さが》でしょう。できないことをなぜ言うんだろうと、私はそれを、これを書いた人に聞きたいんです。

私の父は明治七年の七月六日、戌年です。このイヌのなかにも、猟犬、それから野犬つまり野良犬ですね、それに猛犬、そして愛犬、これはカッコして狆と書いてありますけれど、そして最後に狂犬の五つに分かれます。

父の生まれ年から換算して行くと、やっぱり間違いなく狂い犬なんです。そしてこの狂い犬というのは、

「精神状態が通常を脱して粗暴となり、誰彼の容赦なく噛みつき、食い殺す。正義心に富み、清廉を好むので人の信頼を得られるが、あまりに心外なことに出会うと目がくらんで、精神の安定を欠き、事理判別ができなくなって失敗する」

という。これも父の一生をずっと若い時から調べてみますと、やっぱり当っていま

す。ほとんどその通りと言っていいほどです。

物心ついた頃から四人の兄たちがそれぞれ暴れ虎だったりいろいろしまして、父母が苦しんでいる姿を見て育ちました。息子に恵まれない父に同情しておりましたけれども、自分が作家になって父の若い頃のことを調べますと、何のことはない、父も兄たちと同じようなことをしてきたんですね。これはＤＮＡであるから仕方がないんだな、と思いました。

つまり、私の一族は、いかにヘンな人、困った人の集まりであるか、ということなんです。私が『血脈』という小説を書きましたのは、いや、何というヒドい一族であろうか、という思いからなのです。

裸になって何が悪い？

陸羯南《くがかつなん》という国粋主義者がいました。新聞「日本」という国粋主義新聞社の社主でしたが、父は若い頃、この陸羯南の書生として薫陶を受けて成長したものです。そして、日本新聞には正岡子規がいて、父は子規から「俳句を作れ」と言われ、別に作りたくもないのに作らないと怒られるので、毎日五十作くらい作った。そのうちに、高浜虚子や河東碧梧桐らとともに、「子規門下の四天王」と呼ばれるようになりました。

当時、父は陸先生の家で書生をしておりましたが、あるとき夕立が来たんです。陸先生のお嬢さん二人が小学校に行っていらしたので、昔のことで着物を着ていますから、高下駄と傘を持って迎えに行こうと、父が門を出かけました。するとそこに、外出から陸先生が帰っていらした。

「紅緑、どこへ行くんだ」と訊かれたので、「お嬢さんをお迎えに参ります」と高下駄を見せて答えたら、陸先生が奥さんを呼んでひどく叱った。

「紅緑は男であるぞ。男に下駄を持たせて女の子を迎えに行かせるとは何事だ。男には、これから人生の戦火に向かって駆け上がっていくべき義務がある。紅緑は行かなくてよろしい。そういうことは下女にさせるべきだ」

今のフェミニズムの人が聞いたら頭から湯気を立てて怒ると思いますが、しかし、傍らで聞いていた父は非常に感激したんですね。

陸先生は男としての自分の行く末に期待して下さっているんだ、男というものは些事に関わっていてはいけない。父はそう考え、それから陸先生の仰ることは何でも聞くようになって、国粋主義者の芽が植えつけられたわけです。

父が後に仙台の方で新聞記者になった時、宿直の夜にみんなで宿直室にいたところ、「陸羯南のような奴は」と、陸先生の悪口を言った者がいる。父は怒って、「陸先生の悪口を言う奴はゆるさん」と、いきなりその人に向かってランプを投げつけた。ランプは当時の灯りでしたが、当然、油が畳にこぼれて燃え広がり、ボウボウと燃え始めたんです。それで、仕方なく燃えている炎の上に坐って、お尻で火を消したというんです。

そのお尻で消したというところが、私はちょっと感激するんです。普通なら怖くってそのまま逃げるかもしれない。だけど、あくまで男であるからには自分で蒔いた種は自分で刈り取る、ということなんでしょうね。そういうところは、首尾一貫した暴れ者だったんです。

私の兄のハチローは、当時の不良少年の代表みたいなものです。

そうそう、以前、夜中に裸になって騒いだといって全国から袋叩きになった芸能人がいましたね。あのニュースを見た時に、思い出したことがあるんです。

ハチローは上野界隈の不良少年で、いつも上野の山で仲間の不良と遊んでいました。ある日、ふと「裸になってみたい」と思って素っ裸で走り出したら、仲間も面白がって三、四人が素っ裸になって上野の山を走り回った。当然おまわりさんが追っかけてきます。

兄がつかまりそうになると、「おーいおーい」という声が別の方角から聞こえる。おまわりさんがそっちを向くともう一人裸がいるから、今度はそっちに向かって走る。すると、また別の裸が木の葉隠れにちらちらと見える。

そういうわけでおまわりさんはへとへとになるし、そのうちにヤジウマも一緒になって走るし、ついに諦めて交番に戻った、という。その話を思い出したんです。

これが今だったらどうでしょう。もう大さわぎですよね。

私は別にその芸能人と親戚でもなんでもないですから、肩を持つ義理合いはないですけれども、あの人が裸になったのは真夜中じゃありませんか。誰も見てないところで裸になって、それでわめいた。いいじゃありませんか、別に。

それを大騒ぎした人がいた。マスコミが乗っかって憤慨した。本当は憤慨なんかしてないけれども、そうしないと一般受けしない、というヘンな思い込みがマスコミの人にありましてね。

エラい憤慨調で新聞雑誌が書くと、テレビでもわざと沈痛な顔をして、「これは大問題である」と皆に思わせるために出演者が怒ってみせたりする。そうすると、見ている人の中には一緒になって憤慨する人もいる。

もう大さわぎになりましてね。これはどうも困った世の中になったなあ、と私は思いました。

この話の中にひとり、私が怪しからんと思う人がいるんです。それは最初にパトカーを呼んだ、警察に通報した男ですよ。

それでもキサマは男かと！　私はそういう時には男になって「キサマ」と言いたくなる。外がうるさいから覗いたら裸の男がいる。「まあ、イヤねえ」というのは女であって、男はそういう時に何も言わずに笑って済ませるものなんですよ。それが男と女の本質的な違いであるはずなんです。だから、女が警察を呼んだのならまだ許せる。男たるものがねえ。しかも、とくとくとテレビに出て来てその時の状況を語ったというのは、どこのどなたか知らないけれど、私のこの言葉を彼に知らせたいですよ。それぐらい今は何かヘンな世の中になっている。男らしさがイカンということになっている。だからみんな男らしさを捨てたんですよ。

男らしさはイカンと言いだしたのは誰か。それは女が言いだしたんです。そうすると女らしさはどうなるか。女は女らしさを強いられてきたのだから、これも捨てるべきだという。

男は尊敬すべきものだ、女は尊敬すべき男に従って調和して子どもを育てるものだ、と叩きこまれた私たち大正世代はですね、もう何がなんだかわからない。

こんなこと、うちに来たお客さんに言おうと思っても、いや、もしかしたらこの人は違う意見の持ち主かもしれない。そうすると後々厄介なことになる、そう考えて我慢するんですね。私みたいな暴れ猪でもそういうことを考える時代になっているのは、嘆かわしいことだと思います。

昔は余裕がありましたね。ヤジウマも一緒になって裸で走ったんです。おまわりさんもそれについていては諦めて、交番へ帰ったんですよ。そういう時代だからこそ、今の時代と比べて辛い苦しいこともたくさんありました。それでも本当のところでは、人間の心にはゆるやかな、人を許す、面白がる、という余裕があったと思います。

我慢しないことが幸福か

サトウハチローというのは、そんな風にとんでもない不良で、本当にどうしようもない男です。けれども、彼が作った詩の中で一つだけ、ああ、この詩はいいなあと私が思った詩があるんです。不良少年で父や母を苦しめた男の、こういう短い詩です。

おかあさんはわたしを生んだの
それから
わたしをそだてたの

それから
わたしをたのしみにしてたの
それから
わたしのために泣いたの
それから
それからあとはいえないの

（サトウハチロー「おかあさんはわたしを生んだの」）

ああ、そうだったのか。私は「ハチローなんてのは、どうしようもない男だ」とずっと思っていました。有名な「おかあさんのうた」で善良な人たちを騙しましてね。

うらぶれて
ただ　ただ　悲しき想いなり

松風を
遠くに聞くの想いなり
秋の風ともなり
我にくちづけしたまえかし
亡き母よ

この世の中で一番
美しい名前　それはおかあさん
この世の中で一番
やさしい心　それはおかあさん

（サトウハチロー「亡き母よ……（二）」）

おかあさん　おかあさん
悲しく愉しく　また悲しく
なんども　くりかえす
ああ　おかあさん

（サトウハチロー「この世の中で一番」）

とこういう詩なんですが、こんな調子でセンチメンタルな言葉を並べればそれでいいと思ってるのか、このウソつきめ、と、私は若気の至りでそう思っていました。けれど、「おかあさんはわたしを生んだの」を読んで、「あ、これはハチローの本当の心が出ている。あとはみんな売り物として書いたんだな」

と思いました。

長生きなんてしてもボケる一方で、たいしたことではないと私は思っています。けれども、長生きしていると、こういう風に少しずつわかってくることもあるんです。

いったい幸福とは何か、ということを改めて考えてみますと、今の時代の幸福とはおそらく、豊かであること、自由であること、平和であること、便利快適であること、そのように考える人が多いのではないでしょうか。

戦争に負けて、住むところも食べるものも着るものもないという、本当にどん底の生活を経験しなければならなかった私たちにとって、その頃夢見た幸福、それが六十年後につかんだこの現実だったんですね。

豊かで便利であるのは当たり前、満ち足りていることが当たり前、少しでも気に障ることがあると我慢できない。

私もずいぶんいろいろなことに腹を立てる人間だけれども、私以上に文句を言う人が増えてきたように思います。後期高齢者という名称がけしからん、と言って怒る人がいる。いいじゃないですか、後期なんだから。末期でもいいと私は思いますよ。

現実がそうだったら、なんと呼ばれようといいじゃないか、なぜそんなことまでワアワアと腹を立てるんだろう。

私みたいな怒りんぼですらそう思うんですよ。どうしてこう、みんな文句を言うのが好きになったのか。

じっと見ていますと、不満と要求のセットなんですね。私も文句が多いことは十分反省していまして、その代り要求はしないんです。ただ怒ってるだけ。だから、聞き流してもらえばそれでいいんですよ。

ところが今の人たちは、こうでなければいけない、こうしてくれ、そういう要求が多すぎるように思うんです。

そういうのが始まった頃に、あるラーメンのコマーシャルがテレビで放映されたんですね。「わたし作る人、ぼく食べる人」というコマーシャルです。ラーメンを作るのが女で、食べるのは男というのは怪しからん、と大さわぎになりましたね。あのあたりから日本はおかしくなった。

いいじゃないですか。相手がそれを喜んで食べるんだったら作ってやって、それを幸せと思えばいいんです。なぜそこで「怪しからん」と怒るのか。やっぱり私みたいな者でさえ、「おかしいな」と思います。

何でもかんでも我慢しないで要求すること、文句があれば何であれどんどん言うこと、それを自由である、幸福であると考えているとすれば、ちょっと違うんじゃないかな、それはむしろ幸福から遠ざかっているんじゃないかな、という気がしないでもありません。

男と女の立場が逆転した時

確かに、今の時代は不安だらけですね。だけども、この不安というのは、戦争という大苦難の中を生きなければならなかった私のような人間からは、性質の違うものなんですね。あの戦争を体験したことによって、どんな時代がきても生きていけると思える、そういう強さを身に付けているんです。

戦時中の苦労、というと普通、食べ物がなかったとか、空襲で家を焼かれて、といった悲惨な体験が語られますけど、そういう体験は私にはほとんどないんです。両親に守られ、昭和十八年に結婚してからは婚家に守られて、終戦まで、現実的な生活の上での苦労はしませんでした。生き延びるのに必死だった人から見たら、恵まれた境遇だったと言えるでしょうね。

でもあの頃の私は、精神的にはどん底、死んだも同然でした。自由というものがまったくない。ということは希望がないということですよ。「壁に耳ありスパイに注意」なんて標語があって、何もいえない。

パールハーバーで日本がやっつけた、やっつけたと大騒ぎして喜んでいたとき、友達と電車に乗っていて、私がこういったのね。

「日本は卑怯じゃない、だまし討ちしたんじゃ勝つに決まってる」

すると友達が脇腹を抓るんですよ。電車を降りてから、「アイちゃん、気イつけてよ、隣で誰が聞いてるかわからへんのやから」って。

その頃から私はおかまいなしに思うことをしゃべる方でしたけど、言いたいことも言えない。したいことも出来ない。友達は音楽学校へ入りたかったんだけど、ピアノの練習をすれば近所から怒られる。この非常時に何事か、ってね。

海軍では戦死すると、周囲はお悔やみなんか言っちゃいけない。「お国のためにお役に立たれて、おめでとうございます」、言われた方も「ありがとうございます。本人もさぞかし本望でございましょう」と言わなくてはならない。

心のうちを隠してそういう風に言っているうちに、人間ていうのは慣れてそんな気分になってしまうんですよ。私ごとの快楽は謹んで、ひたすら国のために励まなきゃいけない、それが正しいんだと。そうでないと「非国民」「国賊」といわれたんです。だから、戦争が終わった、それが分かったときは何か光がパーッと差し込んだような気持ちになりました。あ、これで、何かしようと思えばできるんだという、ものすごく躍動するような感じがあったんですね。といっても、考えてみるともはや子供がいる身。今更どうということはないのにね。

あの頃の母親、子供を抱えた人は、ほんとに獅子奮迅の働きをしたんじゃないかと思いますよ。何しろ男は戦争で死んでしまって、帰ってきても腑抜けになっている。

それまでの日本の女は、男に頼って生きるもんだと決まっていたからこそ素直で従順でしたけど、そんなわけにいかなくなったんです。

もともと女には底力があるんです。だって子供を十ヶ月もお腹の中に入れて、生んで、おっぱいをやって、おしめを替えるので夜はほとんど眠れない。今みたいに夫が協力して、なんてことはありませんからね。それでも誰も「私ばっかりがこんな思いを」とは思わなかった。我慢することに馴れっこになってたんですね。我慢に我慢を重ねる暮らしの中で、強さが培われていたといえるかもしれません。

満州、朝鮮からの引き揚げでは、母と子は生きているけどお父さんは途中で死んじゃった、ということが本当に多かった。当時の私は、男の人はそれだけ責任感が強く、何もかも引き受けて力尽きるのだろう、と思ったけど、今考えると、やっぱり女は強靭で、男はもともと弱いんですね。男は強い、男は偉い、とね、そんな男意識を植えつけられ、鎧カブトをつけてがんばってきた。それが敗戦でとれちゃったら生身の弱さが剝き出しになって放心状態になった。

だけど、女は子どもを抱えて生き抜かなくちゃならない。生き抜く、それは現実そのものであって、男意識なんて役に立たない。男が役に立たなくなった焼け跡で、女たちは底力を発揮したわけです。

それまでの男と女の立場が、ここで逆転したんだと私は思っています。

昭和二十年から二十五年くらいの間に、日本の女たちは本当にがんばりました。女はリアリストですから、生活するための知恵と力がいくらでも浮かぶんですよ。買い出しが女になぜ向いていたかというと、お米とかお芋を背負って、その上からねんねこという綿入れを着て、芋の袋の上に毛糸の帽子かなんかをかぶせるわけですよ。赤ん坊を背負っているように見せて、両手にも荷物を下げると、男の何倍も運べたんですよ。じつにたくましくやったんです。あれこれ知恵を絞ってね。こんなこと、男には到底考え付きませんよ。

実際うちの父なんて全く役に立たなくて、あんな無用な人間、見たことないというくらいでした。観念論ふりかざして威張るだけでね。明治生まれの男はみんなそうですよ。

私が嫁にいった先は医者の家でしたが、舅さんは生活の面では無能でしたもの。医者として尊敬されてたのだって、お義母さんが早いうちに何年分という薬を買いだめして、穴掘って埋めていたから、患者がどんどんきたんです。舅さんにはとてもそんな才覚はなかった。

私の底力が出たのは、夫がモルヒネ中毒になってからです。どこでモルヒネを覚えたのかは、結局わからない。ただ軍から帰ってきたときはもう中毒になっていて、家にあるモルヒネを隠れて打っていたんです。医者なんだから、それが大変なことだというのは舅にも姑にもよくわかっているにもかかわらず、対処しようとしなかった。世間体に縛られて目をそらしていたんです。

もう治ったから大丈夫といくら言われたってね、瞳孔が開いているからすぐわかるんですよ。何とか早く手を打ったほうがいいと思うんだけれど、「愛子さんは何かというと悪いほうにばっかりとる」っていう話になるんです。鈍感な連中め、こんな家にいられるか、とその辺りからですね、私の底力がどんどん湧いてきたのは。

決心してからは、離婚の交渉から何から全部、私が一人でやりました。仲人に頼めばよかったんでしょうけど、それも面倒くさい。とにかく人に頼むことが嫌いなんですよ、私。だから嫁入り道具なんかも全部置いて出てきた。家を出てからも長いこと籍は向こうにあったんです。そういうことも面倒なんですよ、私は。

結局そのあいだに夫はモルヒネで死にましたから、戸籍上は未亡人なんです。でも気分としては離婚でしたから、私は長いこと自分は離婚を二回したんだと思い込んで、本にもずっとそう書いていた。ある日、「あっ、離婚は一回だった」と気がついたの。

いまは乗り越えるべき現実がない

この戦争で、私も二人の兄を亡くしました。だけどいちいちショックなんて受けてられないんですよ。身近な人を亡くすことはあの頃、日常的な出来事でしたから。戦後、女性と靴下は強くなった、なんて言いますけど、私からすれば、すでに焼跡で女性は強くならざるを得なかったんです。フェミニズムという運動も、すでにあるものが思想として登場したにすぎない。戦後六十年、七十年経って今ようやく社会的に女の力が容認されるという時代がきたのかもしれません。

だけど同時に、男のほうが弱くなっていったのが残念ね。

昔はね、一生懸命に貯金したり、家族の物質的な平穏を望むのは女だけだったんですよ。だから亭主が、その貯金をちょっとおろして、苦境に瀕してる友達のために貸したら、女房がカンカンになって怒って、そこで夫婦喧嘩が始まるというのがパターンだったんですね。

男は精神的存在で、女は現実的存在で、それがうまい具合に調和してたんです。子供にもお父さんは精神の強さを教え、お母さんは現実を学ぶことを教える。調和をして立体的な子供ができていったもんです。

ところがいまは、男も一緒になって貯金の額を楽しむようになってるの。一家に女房が二人いるんですよ。それは女がどんどん強くなって男に自分たちの価値観をおしつけた結果、男は女と同じようになることで平和を保っているんです。立ち向かうだけの力が男になくなったのか、男が精神性を捨てたのか、よくわかりませんが。

今の女の人はパワーがあるって言いますけど、昔のパワーといまのパワーとは違います。昔はとにかく、戦争に負けたあとの現実が過酷だったから、それを乗り越えようというパワーでしたよ。

いまは乗り越えるべき現実はなくて、自分の感情のまま、その強さを使おうとしているように、私には見えます。やたらに文句を考えて、攻撃的に出る。まるで文句をいうことが知的であるとでも思ってるみたいに。疲れて帰ってくる夫に家庭のことに協力しないといって怒ったり、学校の先生が自分の子供にきびしすぎるとか。痴漢にあうと徹底的に攻撃して、無実の人を気の毒な目にあわせても平気でいる。

たかが痴漢ぐらい！　強姦されたわけじゃないんだから。そう言うと、同じ目にあったことがない人にはわからないんだって、必ず反論されるんだけど、大体そんなものたいした目じゃないでしょうが。

もっと過酷な目に我々はいっぱいあってきてますよ。それを耐えに耐えて底力がついたんです。

今いったい、どれだけの若者が生きがいをもって生きているでしょう。あの頃を思うと天国のような世の中なのに、自殺する人が跡を断たないのはどういうことか。ゆたかさや自由も度をこすと人間力が萎えるということなんでしょうかねえ。

戦争は悪ときまってるんだけど、そうかといって何の苦労もない人生を得てみると、新しい問題が起きているんです。戦争中は皆が一心不乱に生きようとしました。絶望していているヒマがなかった。自殺を考える人はいなかったんじゃないかしらねえ。そんなことを思うと、平和と豊かさを生きることのむつかしさ、人間のむつかしさをつくづく考えさせられるんですよね。

遠藤周作さんがよく言っていましたよ。

電車の中で僕らと同じくらいの年齢のオバハンが座っているだろう？　それを見たらオレは言いたくなるんだよ、お互いによくがんばったなあ、と。

遠藤さんは私と同い年ですからね、「君を見てもそう思うんだよなあ、ようお互いがんばったなあ、ねぎらい合いたいなあ」と、折に触れ言っていました。

私も同感なんです。共に苦難をくぐり抜けた同胞《はらから》よ、という感じがね、同世代に持つ感慨です。

これが今の二十代になると、もう宇宙人です。何を考えているのか、私にはサッパリわからない。わからないのは向うが悪いからでも私が悪いからでもない、時代がそれほど急速に進んでしまったからですよ。

居眠りにも品格を！

ある女子大で講演したことがあります。聴衆は生徒が千五百人くらい、壇上からは奥に坐っている人の顔が見えないほどの数です。彼女たちは、私の話すことがまったくわからないらしい。何というか、私はロボットの倉庫に入ったような気がしました。机を前に坐っているんですが、みんながみんな、目線が下になっている。なぜ下になっているかというと、単位を取るために私の話をメモしているんです。そうやって下を向いている学生がザーッと並んでいて、笑いもしなきゃ泣きもしない。あのロボット軍団と太刀打ちするにはね、壇を降りてこっちから暴れこんで殴るよりしょうがない、そんな気がしました。

何も向こうが悪いと言っているのではありませんよ。それくらい、私などはもう理解できない存在になっているんです。あえて言うと、感受性が違ってしまっている。

福士幸次郎という詩人がいましてね、父の盟友であり、ハチローの詩の先生です。

福士さんによってハチローは詩の心を揺り動かされて詩人になれたという、そういうありがたい人で、佐藤家にとっては恩人ともいうべき本当に立派な方なんです。この福士さんが二十九歳の時に詠んだ詩があります。「感謝」という詩です。

わたし共にもやがて最後の時が来て、
この人生と別れるなら、
願わくば有難うと云って此の人生に別れましょう。

灰色の粉雪、しちむつかしい顰《しかめ》っ面《つら》の迷い雲、
雪は下界のあらゆる聴覚を障《さえ》ぎり、
老と沈黙《しじま》と追憶の、
ひとりぼっちの古美術展覧会、
ああ、世の聾の老博士、無言教の寡婦《ごけ》さん、
子に先だたれた愁傷な親御達！

あなた方の悔《くい》や嘆きもさる事ながら、
願わくば死ぬ時この人生にお礼を云って御《お》暇乞《いとまご》いをして下さい。
それは慥《たし》かに人生に対する寛容の美徳です。
悪に報いる金色の光り放つ善です。
生はそれぐらい気位高く、強く、明るく、
情熱を以って、
鏡のごとく果つべきです。

（福士幸次郎「感謝」）

こういう詩を二十九歳の時に作りました。年を取れば取るほど、これは素晴らしい詩である、ということがわかってきます。

福士先生は、詩でお金を取るのは詩人の恥だと考えている人でしたから、一生貧乏のどん底で、私の父は郷里の先輩にあたるので若干の生活費を送って助けたりしておりましたけれども、それは当然のことであるくらい、ハチローは福士先生に迷惑をかけて御恩をこうむっているわけです。

それはどういうことだったかと言いますとね、ハチローが勘当になって、福士先生のところに居候していたことがあるんです。福士先生は結婚していなくて一人ですから、そこで二人で暮していたんですね。

そして父が生活費を送りますと、福士先生はすぐに本屋へ行って、そのお金で買えるだけ新刊本を買って来る。それを三日で読むんです。ただ丁寧に読まなければならない。というのは、読んだらすぐにそれを古本屋へ売って、そのお金で初めてお米を買うんです。

米櫃を見ると米が一粒も無くなっているのに、福士先生は平然と本を読んでいる。それを見て、不良少年のハチローは昔の不良の感覚がムクムクと頭をもたげてきて、米屋へ米を盗みに行きました。そして、盗んできた米を黙って米櫃に入れておきました。すると福士先生が、

「ハッチャン、ハッチャン、お米あったよ。無いと思ってたけど、お米あったんだ

よ」

と言う。

今だったら、「何？　米を盗むとは何事か」ということになり、そこから現代教育の貧困についての議論になったりしますね。けれども、昔は福士先生の「ハッチャン、ハッチャン、お米があったよ」という純真な一言をもってですね、盗んできたということが消えてしまうという、そういう心をみんなが持っていました。今の人は信じられないでしょうが、昔はみんなその話を聞いて微笑んだんですよ。

ある日、福士先生が新潮社に原稿を書いて、原稿料を貰えることになったんです。しかし、電車賃がない。行けばお金が入るんだけれども、新潮社まで辿り着けないんです。その頃は田端に住んでいましたが、

「ハッチャン、ハッチャン、これから新潮社でお金を貰えるから、帰りにうまいものを食おう」

と、お金もないのに駅へ行って、駅長さんに会いたいと言った。実はかくかくしかじかで、申し訳ないが帰りに返しますからどうか切符を貸してくれませんか、と頼んだ。

そうすると駅長さんが貸したんですよ。この、貸したということが素晴らしい。とても貧乏に困った人が多い苦しい時代だったけれども、駅長さんは貸したんです。そして、新潮社へ行ってお金を貰って、帰りにかつ丼か何かを二人で食べて、

「久しぶりにおいしかったねえ」

ということになり、駅長さんにお金を返して帰ってきた。そういう人です。だから、サトウハチローという人間の魂も、福士先生と暮らしたことによって、ずいぶん磨かれたことだと思います。その話を聞いた私たちの心もまた、磨かれました。

そして、福士先生に亡くなる時がきた。

日本は戦争に負けて焼け野原になり、先生も焼け出されて食べるものもなく、病気になってもお医者さんにも行けず、薬も手に入らない。そういう時に、千葉県の館山の海岸に古びた小学校があり、その建物に罹災者が住むことが許されていたんですね。福士先生はその小学校に住み、窓のそばに布団を敷いて横になって、何を考えていたかと言いますと、窓から見える海岸に三本の松が立っている。今日の夕日は、その松の何本目のところに沈むだろう、昨日はこの辺だったけれども、今日は少しこっちに

寄るんじゃないか、そういうことを楽しみに夕方が来るのを待っていた。

食べ物がないことも、病気が辛いことも、医者が来てくれないことも、薬が無いことも、何も文句を言わずに、

「今日の夕日はあの松のどの辺に沈むだろう」

と、そればかり言っていた、と聞きました。

いよいよとなって、お兄さんがやってきました。お兄さんに「身体を起こしてくれ」と言って、そして、

「お兄さん、ありがとう。みなさん、ありがとう」

それが最期の言葉だった。お兄さんが私の父宛てに出した手紙にそう書かれていました。

わたし共にもやがて最後の時が来て、
この人生と別れるなら、
願わくば有難うと云って此の人生に別れましょう。

二十九の時に書いたように、ありがとうと言って亡くなった、この福士先生の人生は幸福であったか不幸であったか。言うまでもないことだと思います。

この話をですね、私はその女子大でしたんですよ。話はそこへ戻るんです。

それでもロボット群はですね、目線を下にして、メモしているのか何しているのか、中には居眠りしているのもいた。

居眠りと言いましてもね、我々だって眠気というのはこらえ切れないものだということぐらいはわかっています。その時はなるべく眠っているところを見せまい、気取らせまいとして、ギリギリまで必死でこらえて、こらえ切れずに体がよろけたものですよ。

それがもう、堂々と机に突っ伏して熟睡しているんです。

その学校の学長は『女性の品格』という本で大儲けした人でしたけれども、私はその時、「居眠りにも品格を」というタイトルで、どこかで講演したいと思ったものです。

私はもう、品格などという言葉を今の時代に使ったって仕方がないと思っています。

それくらい、彼我の間の断絶は深い、ということです。そういう感受性になっちゃったんですよ、今や。

この話は今の日本を象徴していると思いますよ。そういう現実の中で、私たちは生きて行かなければならないんです。

「突っ伏して寝ている子がいた」という話を、私は家に帰って娘に話しました。「彼氏がいるなら見せてやりたい」と言ったら、娘が「そんなものを見たところで、何とも思わないよォ」と言う。そう言われればそうかしら、と思いますけれども、思ったところで仕方がないし、その人たちにはその人たちの幸せがあるんだから、それを自分で見つけて行けばいいんでしょうけれどもね。

しかし私は不思議になったんです。「わかりましたか、私の言うことは」と、何回も念を押したんですよ。それでも、相変わらず壁ですね、壁。壁に顔の絵が描いてある。

そもそも、なぜその学校へ行ったのかと言いますと、その一年前に私が講演をした時に、そこの学生さんが聴きに来ていて、珍しい人がいるもので私の話を「もう一度みんなと一緒に聴きたい」というので、学校へ働きかけたというんです。

その話を学校からの依頼の電話で聞いた時、

「ああ、たとえ一人の学生さんでも、私の話を胸にとめてくれた人がいたのか。それなら彼女を相手に話しましょう。でも、私の話は今の学生にはわからないだろうなあ」

と思いました。そう思いながら行ったら、思った通りだったんです。それでも、その中に一人は聴いてくれる人がいる、そう思ってその人に向かって喋りました。

一人でも聴いてくれる人がいるなら、周りが壁であろうとロボットであろうと、私はその人のために一所懸命に話すんです。

何も考えない方がマシなこともある

文明の進歩というのは、私たちを果たして幸福にしているのだろうか、と思うんです。幸福を呼ぶと思って、一所懸命に進歩させたんでしょうけれども、今私たちが漠然と感じている不安というものは、文明が進歩しすぎたための不安ではないか、という風に思います。

昔は、非常に苦しいことはあったけれども、今までお話ししたような素朴な美しい心があったのは、文明が進歩していなかったからです。今のように忙しく、次から次へと金儲けしなければならないといって、あくせくして企業に振り回されている時代はなかったんです。昔はみんな貧乏だった。みんなで渡れば怖くない、と言って、貧乏の世の中を渡っていたんです。

今は豊かなのが当たり前だから、自分が豊かでないと、とても悲しい思いをするようなんですね。

私の信条はね、お金のある時はあるように暮らせばいい。無い時は無いように暮らせばいい。それでいいじゃないか。それだけの柔軟性を持つことが、静かに暮らせるコツだと思うんですよ。

文明は進歩しましたけれど、人間は進歩したかというと全然進歩していない。目だって耳だって歯だって、その衰えを補充する技術や医療が発達しているから、いつまでも若々しくしていられるのであって、脚力にしろ腕力にしろ、かつての人間に比べて本当に衰えていると思います。昔はおそらく、人間は暗闇でも目が見える、遠くの音でも聞こえる、そういう時代があったんじゃないでしょうか。

もともと持っていたそのような能力が、すべて文明の進歩によって衰えてしまったわけで、衰えを補う技術や医療に頼って私たちは生きて行かなければならない、ということになっている。

そして、肉体だけでなく、精神力も衰えてきているんです。諦めたり我慢したり、あるいは許すということは、いまは美徳ではなくなったんですね。欲望を抑えるのが昔は美徳だったんです。ところが、今は欲望はどんどん満たさなければ不幸だ、と考えるようになっている。もうこれで十分、ということがないんですね。

そしてヒマになったせいか、人が観念的になっていましてね。

この前も私は驚いたんですが、こんなテレビ番組を見た、と友人から聞いたんです。家で出産する人が最近はいるんですね。その時に、生まれた赤ちゃんのへその緒を、お母さんが長男に切らせるというんです。

産婆さんがいるのに、小学校五年生か六年生の男の子に「切れ」と言う。子どもがへその緒なんか、切りたくないですよね。大人だってイヤですよ。なぜお母さんが息子にそれを強いるかというと、それによって人間の誕生の素晴らしさを教える、というんです。

そんなのみっともない、羞恥心があったら見るのも見られるのもイヤですよ。今の人はお産の現場を見られて平気なのかもしれませんが、大体、お産に亭主が付いてきてフウフウハアハア一緒に言うなんてのはね、お産に対する冒瀆だと私は思います。

お産というものは一人で耐えて一人で産みだすことによって、女に力がつくものなんです。私たちの頃はね、お産の時に泣いたり騒いだりするのは女の恥だと、苦しくても声を立てないのが大和撫子だと、そう教えられたものなんです。

ナデシコだか何だか知らないけれども、まあとにかくそう教えられると「なるほど」と思ったものですよ。

「アメリカの女のお産はすごい騒ぎなんだ。ワアワアキャアキャアキャア騒いで大変なんだ。そこへ行くと、日本の女にそういうのはいない」

小学生の時に先生が感動的にそう話されますとね、「そうか」と子ども心に肝に銘じるんです。

「お産というのは、女がどうしても通過しなければならない苦しみの一つなんだ。それを通過することによって、一人前の人間になるんだ」

と、コトンと胸に落ちるというのが子どもの素直さだったんです。

それをね、フウフウハアハアと一緒になって言う男も男ですよ。昔の男はお産が始まればどこかへ行っちゃって、飲み屋でお酒を飲んだりして、「生まれた」と聞いてヒョコヒョコ戻って来る。そういう風に男というものは弱くできてるものなんだから、それでいいんですよ。

それが今は、子どもにへその緒を切らせる。生まれたばかりで股の間に赤ちゃんが転がって、へその緒が繋がっているのを、

「切りなさいよ。切りなさいよ」

とお母さんが子どもに迫る。その鬼気迫る映像を私は見たかったと思いますけれどねえ、それは凄いものだった、と見た人が言うんです。

男の子は泣いていると言うんです。それでもお母さんががんばって、「切れ、切れ」と言うものだから、恐る恐るやってみるけれども、へその緒って硬くてなかなか切れないものなんですってね。それを泣きながら一所懸命に切ろうとする。

私はね、彼はおそらく一生インポになると思いますよ。トラウマになってね。どれだけ傷ついたかですよ。

そういうことも思わないで、命の誕生の……何だかもう忘れましたけれど、そういうものを教えたいという母親の意図は物凄く強いものだった。そのお母さんは、観念の奴隷みたいになっていますね。

そういうつまらないことを考えるなら、何も考えない方がマシなんですよ。どこの少年だか知らないけれど、彼の生涯を思うと私は暗澹として、呼び寄せて力づけ、励ましてやりたい、と心から思います。まったく、ヘンな世の中になりましたね。

苦労するまいと頑張らなくてもいい

話がすっかり脱線しました。

幸福とは何か。そうしみじみ思ったことが最近あります。

何年か前の春、新潟の津川という町（現在の阿賀町）の本当にひなびた温泉宿に宿泊していました。新潟と会津を結ぶ小さな鉄道に夕方乗っていましたら、同じ車両に女子高生が二人、向かい合って座って教科書を広げている。田舎ですからガラーンとして、他に乗客もいない車両で、国語か歴史か、教科書の同じページを広げ、お互いに何か言い合っているんです。

傍らにポッキーの箱が置いてあって、かわるがわるそれをつまんでは勉強を続けている。何気なしにその光景を私は見て、ああ、田舎の女子高生というのはいいものだなあ、素朴な着古した制服を着て、日焼けした顔に髪型もパッとしない風貌の二人が、ポッキーをつまみながら一所懸命勉強している。いいもんだなあ、と思いました。

そうしたら、一人がポッキーの箱を持って電車を降りました。箱を持って降りたのは彼女が買ったから。自分のものだと思って、持って降りたんでしょう。そう言えば残った一人は、降りた彼女よりはちょっと少な目に食べていた。あれは遠慮していたのかなあ、とほほえましく見ていると、残った方の少女はまだ勉強を続けていました。

もうその頃は、ほとんど日は暮れています。そこから二つ、三つ駅を行ったところで彼女は降りて、駅の改札口を通って外の夕闇に消えて行きました。

そのとき私は考えました。

彼女はこれからどういう家に帰るんだろうか。母親は夕飯の支度をして待っているんだろうか。それとも、働きに出ていて、これから彼女が夕飯の支度をするんだろうか。親父はどんな人だろう。妹はいるんだろうか、弟はいるんだろうか。

そんな風に思ううち、なんとなしに胸がいっぱいになり、彼女にこう呼びかけてやりたくなりました。

ああ、あなたは今、明日の試験のことで頭が一杯で、何でこんな勉強せんならんのか、と思っているでしょう。そしてあなたはこの先、お洒落を覚えたり学校を卒業して彼氏ができたり、いろいろあるでしょう。

けれども、あなたは今が一番幸せな時なのよ。あなたはそれを知らないでしょう。その知らないでいるということが、あなたの幸せなのよ。

と。

ポッキーを食べている女の子を見るだけで胸が迫ってくる。八十五歳を過ぎたあたりから、そんな風に思うようになりました。今でも私はあの時のあの子に会いたいと思います。そういう風に心を動かされるということが、年を取る良さではないかと思います。

私も昔女学生の頃、試験になると一人で勉強するのが嫌なものだから、友だちの家へ行って二人で向き合って勉強したものなんですよ。二人で勉強するよりは一人で勉強した方がよっぽど身になるにもかかわらず、です。どうして二人になりたがるかというと、劣等生というのはそういうものなんですね。

友達の家は灘の造り酒屋の大きなお屋敷で、広々した庭があるんです。お座敷で二人、向き合って勉強しながらひょいと見ると、庭にその子のお兄さんの子どもが遊んでいる。三歳か四歳の兄弟です。

「いいねえ、あの子たちは。試験がなくていいねえ」

と二人で羨ましがったことを思い出します。あの頃は、あの男の子たちの方が幸せだと思って羨んでいたけれども、そう言って羨んでいた私たちもまた、幸せの中にいたんです。

その後何十年かの月日が経ちまして、私は私の悪戦苦闘の人生がありました。彼女は彼女なりに、やっぱり辛いことがいろいろとありました。戦争が挟まってありましたからね、いい日ばっかりではありませんでした。

しかも、その時に私たちが羨んだ三歳の男の子はその造り酒屋の跡を継いで、いやもう酷い苦労をして、その造り酒屋はついに別の造り酒屋に吸収されましてね。それを知った時にも、あの幸せの姿がこうなったかと、ある感慨に打たれました。

長いこと生きるとわかってくるんです。人生というものはね、幸福だのなんだのと言ったって、どうっていうことはないですよ。

私の人生も人から見たら悲劇であり、苦難の連続かもしれない。けれども、実際に生きた本人にしたら、やっぱり良いこともたくさんあるんですよ。借金取りやら金貸しやら、私の目の前をいろいろな人が通り過ぎていきましたけれども、その中の何人かが、人は信用できるものだということを教えてくれました。それを知ることができたのは、私が苦労したからなんです。

両親にぬくぬくと守られてわがままに育った私が、もしもそのまま、物わかりの良い金持の旦那さんと結婚していたらわからなかったであろうことがですよ、ボンクラ亭主と一緒になったお蔭で、いろいろとわかりました。

だから、苦労をするまいと思って頑張る必要はないんですよ。その方がいろいろなことがわかるんだから、苦労したってどうということはない。反対に、幸福になったからと言って、別にどうということはない。

そう思うようになれたということが、一つの幸福だとも言えます。

第三章　死とは何か

北海道浦河町の別荘にて

ヘンな友だちは、みないなくなった

私もいよいよ九十歳を越えました。もう、めでたいことは何もないです。友だちはみんないなくなりました。

私の友だちというのが、またヘンな人ばかりでしてね。

今は作家といっても常識をわきまえたちゃんとした人たちが多いんでしょうけど、昔は作家というと、はずれ者というか、まあ普通の常識でははかりきれないヘンな人が多かったですね。ヘンなのが普通でしたね。

私の家なんぞ、その巣窟みたいなものでしたから、私もそれに馴れて、だからヘンな人と波長が合って仲良くなってしまう。常識をわきまえている人とは、どうも緊張していけません。

だから私の交友関係というのは、どうしても狭くなってしまう。遠藤周作さん、川上宗薫さん、北杜夫さんの三大奇人に、色川武大さん、中山あい子さんが続きます。

相よる魂というか、同族感というか、そういう親近感を私も持っていたし、向こうも持ってくれていたと思いますよ。

遠藤周作と七色の小便

私が同人雑誌で売れない小説を書いていて、ほかにすることがないから、仕方なく渋谷や新宿でパチンコばかりしていたような時代に、遠藤周作さんはすでにもう有名人でした。

いつもヨレヨレのレインコートを着ていて、背が高くて瘦せているから、雑踏の中を歩いていても、とても目立つんです。我々はその姿を見つけると、

「あっ、遠藤周作だ！」

と一目置いて、後ろ姿を眺めていたものです。何年経っても、そのくたびれたレインコートを着ていて、「まだあのレインコートを着ているわ」と思ったりもしましたけど。

昭和三十年頃だったかしら、なぜ、そう親しくもないのに頼もうと思ったのか忘れましたけど、私の処女出版『愛子』の推薦文を書いてもらおうと考えて、遠藤さんのお宅を訪ねたのが最初です。遠藤さんは作家というよりは、気鋭の評論家として名が出ていました。そこでいきなり、

「君は甲南女学校にいた佐藤君か？」

と聞かれたので、

「そうです」

と応えたんです。後になってから、遠藤さんは関西で中学生だった頃、女学生の私の気をひくために、電車の中で吊革にぶら下がってサルの物まねをしたとか言うようになったんですけど、全然でたらめ。中学生のときの初恋の相手だなんて、口から出まかせをまことしやかに言ったり書いたりするので、私はあちこちでそれを打ち消すのに往生しました。とにかく人気作家だから、全国的に有名な話になってしまうんですよ。

遠藤さんは、ずっと『週刊朝日』で対談のホストを連載でやっていて、私が直木賞

を受賞したとき、ゲストに呼ばれたんです。対談場所は銀座裏の料亭だったと思うんだけれど、私がそこまでトコトコ歩いていったら、遠藤周作めが乗ったハイヤーが、その横をザーッと追い抜いていった。そんな差をつけられていたの。

その時に話したのは、賞をもらって作家として立っていく上での三つの心得。その一つが、小説の中ではセックスシーンというものを書いてはならない。要するに濡れ場を書くなということです。

そういえば、遠藤さんは書かなかったですよね。私の場合は書かないというよりも書けないんですけれど、あとの二つは何だったたか。思い出せないのは、たいしたことではなかったんでしょう。

遠藤さんの電話魔は有名でした。退屈するといきなりかけてくる。

「君、何してんねん？」

と、言うのがきまりでね。そう言われると、何かしらん面白い返事をして期待に応えねば、という気持になってしまうんです、私は。例えばね、

「君んとこの昨日のおかず、何や？」

と言うから、

「うちはね、スキヤキ」

と言ってから、口から出まかせに、

「それもね、百グラム千五百円の松阪牛を一キロ買って、娘と二人で一キロのスキヤキですぞ。卵かて、ひとり二つずつ！」

なんて言ってしまう。電話を切って、私はすぐ仕事を続ける。私なんか、主婦のなれの果てが作家になった人間ですからね。執筆中は電話に出ない、なんてエラい作家じゃないから、書く手を止めて冗談を言い、またすぐ続きを書くなんて、何でもないことなんです。

「何してんねん？」

遠藤さんは雑文を書かなきゃならないときなんか、そうやってネタを拾っていたんじゃないかしら。すぐに書くんですよ。佐藤は「卵かてね、ひとり二つですぞ！」と自慢したとか。

ある時、美人の女流作家や評論家を狙って入る泥棒が現われて、曽野綾子さんや俵萠子さんとか、犬養智子さんなんかが入られたんです。すると遠藤さんが電話をかけてきて、

「君んとこ、泥棒入ったか？」

と言うのね。

「いや、来ない」

と言うと、

「ついに君は泥棒にも見捨てられたか！」

と喜んで笑うんです。

その後、だいぶ経ってからだったと思うけど、あるタクシー運転手が、「この次は佐藤愛子と戸川昌子の家だ」と言っているのを聞いたと、警察にわざわざ届けたらしくてね。そのことを聞きつけた、読売新聞が感想を求めにきたんです。そこで、私は調子に乗って、

「私の書斎は二階で、だいたい朝の三時か四時まで私は起きて仕事をしている。だか

ら泥棒が来ても階段を上がってくるとすぐ分かる。その時は楠木正成の故事に倣って、糞尿というわけにはいかないけれど、バケツの水や花瓶や机なんかを上から投げつけて退治します」

と言って、これが新聞に載りました。すると、その新聞を握って警察官がやって来て、こんなことをしゃべったら、賊を刺激して危険ですと叱られてね。その時だったか、別の時だったか、記憶が定かでないんですけど、警察が電話に録音装置をつけていったことがありました。

そこへ何も知らない遠藤さんが電話をかけてきて、

「何してんねん？　俺なあ、もう暑うて、暑うて、もうどうにもならんで、身の置きどころがないから、しゃがんでサイダー飲んでんねん」

と話し出した。あの頃は腎臓や何かにいろんな病気を抱えていて、遠藤さんは薬を七種類くらい服んでいた。

「それでやね、小便かてなあ、七色の小便が出るんや」

って言うんです。一日の終わりに警察がやってきて、この話が録音されたテープを検分して、「何ですか？　この人は」と絶句してました。

そんなことがあって暫くしてから、本当に我が家に白昼強盗が入ったんです。その時のことはアチコチでしゃべったり、書いたりしましたから、ご存じの方もいらっしゃると思うけど、とにかく私の一喝で賊は逃げて行きました。

するとＮＨＫの昼のニュースでそのことが放送されたのね。すぐ北さんから電話がかかってきて、

「おめでとうございます」

遠藤さんは、北さんにも「佐藤は泥棒にも見捨てられた」としゃべっていたのね、きっと。

こういう話をすると、女の人の中には、

「佐藤さんって怒りんぼうで有名ですけど、そういう時は怒らないの？」

と言う人がいる。そんな時「なるほどなあ」と思うのね。常識的なお方はこういうときに怒るんだなア、と勉強になる。

少し前のことですが、原発事故の周辺を「死の街」と発言したことが問題になって、

大臣が辞めました。でも、それは何がいけないのか。被災者たちを傷つけた、ということらしいんだけど、テレビを見ていても、人の気配はなく、瓦礫の山の中を迷い犬が歩いているだけ。どう見ても、死の街だと感じてしまいますよ。だから、こりゃ大変だ！　ほっとけない、何とかしなくちゃという痛切な気持ちが湧くんです。その何がいけないのかよく分かりません。

今は本当のことを言ってはいけない時代なのね。いつも傷つけた、傷ついたということばかり考えてものを言わなければならないとしたら、人間は萎縮してしまうんじゃないですか。政治家に信念がないなんて批判する人がいるけれど、八方に気を遣っていると信念なんか持てっこない。とにかく小うるさい、小さな世の中になりましたね。

いつだったか、私は「愚弟賢兄」というタイトルで、遠藤さんと川上さんのことを書いたことがあるんですけど、賢兄というのは遠藤さんなんですよ。遠藤さんとはふざけてばかりいたようなんですけど、賢兄としてお説教されたこともあるし、ためになることもいろいろ教えてくれました。

私が書き下ろしや、長いものを書いたときには、必ず電話できちんと批評もしてくれました。それは忌憚のない批評でね。「あそこはもう少し深く突っ込んで書くべきだ」とか、非常に具体的でした。でも、最後には必ず、恩着せがましく言うの。「俺に批評してもらうっていうのは、ありがたいことなんだぞ。そのありがたみ、分かってんのか？」

ってね。

電話がかかってくるのは、遠藤さんからばかり。私の方からかけることはありませんでした。あの人は私なんかよりずっと偉い作家なんだから、電話をかけるのもそれなりに考えなければ、というくらいの弁えはあったのね。

それに比べると、川上宗薫は電話をかけると、待ってましたとばかりに呼び出し音が一回鳴っただけで受話器を取る人なの。だから気楽で、用があってもなくてもしょっ中、何か腹が立つことがあったら電話をかけていました。ひと頃は毎日のように、宗薫からかかるし、私もかけていましたよ。うちのお手伝いが仲を怪しむくらいでした。

川上宗薫の妻は「水腹」？

遠藤さんは言うまでもないですが、北さんも先に中央の文壇に出ていた人です。それに比べて、宗薫は同輩だし、付き合いも一番深い。弟分のような感じで、「川上さん」というより、やっぱり「宗薫」のほうがしっくりきます。

でも最初に宗薫が、私たちの同人誌『半世界』に来るということになったときは、「今度、川上宗薫が来るんだぞ」と、緊張して待つ、という感じでした。すでに『群像』に二、三回、原稿が載っていましたから。商業誌に載ったというだけで、我々、同人誌作家は尊敬のまなざしを向けていたわけですね。

ところが、宗薫は当時、定時制高校で英語の先生をしていたせいか、やたらに高校生向きの冗談を言うんですが、それがくだらなくて全く面白くない。いっぺんに、彼は尊敬を失ってしまいました。

それから度々会うようになったんですが、およそ文学の話なんかしたことがない。

だいたいが女の話でしたね。彼が先生をしていた高校では、定時制だから年かさの生徒もいて、宗薫は二十歳くらいの娘さんを好きになったんです。それでテストの採点で、本当は四十点くらいなのに、わざと八十点くらいつけたの。そうしたら、その生徒が、

「先生、これは採点が間違っているんじゃないですか？」

と言いにきた。それで彼は、

「僕の気持ちが分からないのか」

とか言って、キスをしたのね。生徒がそのキスのことを担任に言いつけたので、担任は怒って校長に告げて問題にしようとしたんです。宗薫は厚かましいくせに気が弱いものだから、真っ青になって彼女の家へ行った。そこは酒屋で、隣りは原っぱなのね。そこへ彼女を呼びだして、懇願したんです。

「俺には妻もいれば、子もいるんだ。君の心ひとつで我が家が破綻するかどうかが決まる。瀬戸際なんだ」

そう言って土下座して謝ったので、生徒は憐れんで、担任に、大ごとにしないでく

ださい、と頼んでくれたんですって。

それからこんな話もあるのね。長崎の高校の先生をしているときのことだけど、アメリカ兵のオンリーに手を出したんですよ。宗薫が教室で英語を教えていたら、校庭をそのオンリーとアメリカ兵が横切って来るのが見えたんですって。オンリーがアメリカ兵に言いつけたので文句を言いに来たんだ、ととっさに分かった。

「どうしよう」と思っているうちに、校舎の中に入ってきて、自分の教える教室の前の廊下に二人が立っている。とうとう終業ベルが鳴ってしまい、仕方なく教室から出ると、アメリカ兵が近づいて来てペラペラ喋る。生徒は先生がアメリカ兵と英語で会話をするというので、廊下の窓に鈴なりになって見ているというの。でも、宗薫はアメリカ兵が何を言ってるのかさっぱり分からない。仕方なく、

「アイム・ソーリー。ザッツ……」

とは言ったけれど、その後は何を言ったらいいのか分からず、「ザッツ」だけで黙ってしまった。結局、そのオンリーがとりなして、アメリカ兵は帰ってくれたと言うんだけれど、とにかくそんな話がいっぱいあるの。

私はそんなことを面白がる人間で、喜んで聞くものだから、宗薫も私を面白がらせようとして、洗いざらい、話すようになって。笑いながら彼の格はどんどん下がっていった。その分、私たちの親しさも深まったってわけですよ。

いつも安物のお洒落をしていて、薄紫のストローハットを被って、靴をピカピカに磨いてくるんですが、「靴を磨くには電車のシートが一番いいんだ」なんて言って、小刀でシートを切り取りに行ったとか、行きたいと思ったとか。その当時は敗戦の後で、シートなんかボロボロでしたから、少々切り取ってもわかりゃしなかったんですよ。

ある時、例の薄紫の帽子に大きなチェックの上着を着て電車に乗っていたら、ヤクザみたいな男が、宗薫の帽子をひょいと取って、自分の頭に載せて、

「おい、おにいさん。いい帽子だなあ、これ」

と言われたときは、「生きた心地がしなかった」そうですよ。帽子を返してくれとも言えず、じーっと俯いて身動きもできなかったって。女の話の次に彼がよくしたのは、いかに自分が弱虫かという話なの。

これが「牛の仔」？

宗薫は大きな犬を飼っていましたが、それも自分の弱さを犬で補うためだと言うんです。あれは何種だったのかしら、とにかく見たこともないほど大きな犬でした。その犬を連れて散歩をしていたら、信号待ちをしているときに、トラックが横に止まって、運転席にいた三人の男たちが話しているのが聞こえた。

「あれ、犬じゃねえよな？　牛の仔だよな？」

って。三人ともハチマキを締めた強そうな男で、そのうちの一人が、

「なあ、おじさん、それ、牛の仔だよなあ？」

と、聞いてきた。それだけで宗薫はもうオタオタして、素直にすぐ、

「うん、牛の仔」

って、答えた。いま気がついたんですけどね、宗薫にとって私は強い牛の仔みたいなものだったのかも。

よく家に遊びにきて、「他人のうちで飯を食うのが一番楽しいんだ」とか言ってね。寂しがりやでした。うちのご飯なんか、それは粗末なものでね。おにぎりに味噌汁だけの時もあったけど、それをうまいうまいと言って、また食べるのが早いのよ、彼は。私は、「それ以上、あなたの分はないわよ」なんて真剣に怒ったりして。「わかってるよ、ひとり三つずつだろ、ちゃんと勘定してるよ」ってね。まるで子供だったわ。宗薫も私も。

宗薫が水上（勉）さんのことを書いた小説が、水上さんを怒らせて、作家としてもうやっていけないんじゃないかという瀬戸際のときは、うちへ来て泣くんですよ。そのときはちょうど、翌日から、私は小説の取材で弘前に行かなければならなくて、当時の夫の田畑麦彦もそれについて来ることになっていました。そう言うと、宗薫は、

「僕も、一緒に行きたい」

って、言うんですよ。仕方がないから三人で一緒に行きました。上野から汽車に乗ったら、女の子が隣に座っていた。すると、もうすぐにその女の子の電話番号を聞いているの。今泣いた烏がもう笑ってる、という感じ。

でも、宗薫は文章が本当にうまかった。書き損じなんか一枚もないんですから。泉が湧くように文章が出てくるのね。私は自分が書くものに自信がなかったから、文章のうまい人は、みんな尊敬して一目置いていました。

遠藤さん、川上さん、北さんは三大奇人だけれど、そのヘンテコさ加減はそれぞれ違います。遠藤さんは、面白中毒というようなところがあって、話を面白くしようと演出するんだけれど、宗薫は演出も何もしない。地のままでおかしいの。

入院しているときでさえ、看護婦を口説いてフラれていたしねえ。それをすぐ報告する。宗薫がいるとどんな場所でも座が和みました。弱点をさらけ出して、それで皆が笑うことが嬉しい、それで自分も慰められるというようなところがあったんじゃないかしら。

遠藤さんと宗薫は、ほとんど付き合いがありませんでした。宗薫が好きで、尊敬もしていた作家は、吉行（淳之介）さんでした。吉行さんは、誰が見てもハンサムだし、気働きの人でしたね。でも、カッコいいなんていうのは、私には向かないの。アホなところが全くないのがね。

吉行さんは何でも見抜く人で、「人生の達人」と私は呼んでいました。宗薫が『赤い夜』という小説の中で書いていますが、最初の奥さんと別れて、次の女性と一緒になっていたときのことです。その女性のお腹がどんどん大きくなって、「川上さんの奥さんおめでたですね」といろんな人が言うようになった。けれど、宗薫はパイプカットをしていたので、妊娠するわけがないんですよ。宗薫本人は、

「腹に水が溜まる病気になったんだよ」

と言うんで、私はそれを信じて、

「妊娠じゃないんだってば。あれは病気なのよ！」

と一所懸命言っていたんです。そのうち、彼女は水を抜く手術をすると言って病院へ入り、ぺたんこのお腹になって帰ってきた。そうこうしているうちに、親戚に男の子が生まれたんだけど、貧乏だからその赤ん坊をもらって育てたい、と奥さんが言い

だして、彼は自分の「宗」の字をとって名前までつけてあげたりしてるんです。

その頃、宗薫は浮気相手の女性に、奥さんが「水腹」の水を抜いたという話をしたのね。そうしたら、その話はおかしいと彼女が言い出して、病院に問い合わせをした。すると何月何日に男のお子さんをお生みになりました、って。

ハナからあれは妊娠に決まってると言っていたのが、吉行さんですよ。吉行さん一人だけ、早くから見抜いて断言していた。

他の人も半信半疑だったけど、何しろ宗薫はパイプカットしてるんだし、でもあんな大きなお腹になるほど水が溜まっているとしたら、寝たきりになるはずなのに平気でゴミ出しに出てたのはおかしい、なんて言うようになって、結局、水が溜まったというのを最後まで信じていたのは、私と宗薫だけだったんです。後になって、

「妊娠したらオッパイの色だって変わるでしょう？　そんなこと気がつかなかったの？」

と言ったら、

「いや、浮気ばっかりしていたんで気がつかなかった。だから、俺が悪いんだ」

それで水腹の人とは別れて、ウソを見抜いた女性と結婚しました、三回目の。

宗薫はいつもノホホンとしていて、思うことといえば自分の欲望だけ、というように見えていたけれど、私の夫が破産した時は、ほんとに心配してくれました。

宗薫が「少しなら俺もカネあるから、言ってくれ」と言ってくれたことは、死んでも忘れません。たった一人です。返せるかどうかわからない私にそう言ってくれた人は。

わけのわからない目に遭う色川武大

色川武大さんとの付き合いは、色川さんが書いた『怪しい来客簿』に私たちがひどく感心して、宗薫が色川さんに手紙を出したところからはじまったんだと思いますよ。

宗薫は好きになると、女性に対してだけでなく、誰に対してでも遠慮しないで無邪気にどんどん近づくような人ですからね。

手紙ではなくて、電話だったかもしれませんが、とにかく、まずその作品を宗薫が褒めて、色川さんは来るもの拒まずみたいなところがあるから、「酒飲もう」「飯食おう」みたいになっていったんじゃないかしら。私もその後について、だんだん色川さんと親しくなっていったんです。

色川さんについては、「独特の人」としか言えませんね。ほかの人とは、どことなく波長が違いました。あの人は誰の、どんな波長とでも合わせられるというか、受け流すというか、好き嫌いのない人だったんじゃないかしら。よくわかりません。でも、私は好きでした。中国でいう「大人《たいじん》」の趣がありました。

色川さんはわけのわからない目によく遭うんです。自分が本を読んでいたら、何者かに襟首を摑まれて隣の部屋まで引きずられたとか、お酒を飲んでいると、色川さんだけに見える小さな人間が目の前に現れて殴りかかってくるとか。

私が、つい好奇心をもって面白がるものだから、そんな話が多かった。でも、色川さんから時々、短篇を褒められることがあったんです。それが私としては気にいっているところなのに、誰も気づいていてくれない。そういうところをピシャリと突いてくれるので、私にとって色川さんは本当に嬉しい有難い友達でした。

ナルコレプシーという病気で突然、眠っちゃうというのは有名でしたけど、私の北海道の家に来たときも、漁港で魚釣りをすることになって、私も一緒に行ったんですけど、釣りをしているはずが、水溜りに片足を突っ込んでぐうぐう寝ているのにはびっくりしましたね。カンカン照りの下で。

色川武大（右）と、川上宗薫と

みんなに好かれる人でした。自然体のところが魅力でした。吉行さんもみんなに好かれる人でしたが、どこか気働きが先に立っているように感じられて、私のような野人には少しうっとうしかったです。宗薫をはさんでの付き合いだったので、宗薫が亡くなってからは、色川さんとの付き合いがなくなってしまいましたが、この二人に共通するのは天然なところですね。作為がなくてとても純粋でした。心にないことは言わない。だから信頼してました。自然体のところで触れ合う部分があったように思います。

育ちのいい変人・北杜夫

さて、北杜夫さんは、これまた違うタイプの変人です。教養人というか、育ちがいいというか、その点が我々とは違います。お育ちのせいで、わりと常識を弁えているところがあるんですけれど、そうかと思うと突如、非常識になる。その点で私たちは友達なんですね。躁うつ病の元祖とでもいうべき存在になりましたが、躁うつとは別に、品がありながら、やっぱりもともとはヘンな人種に入ります。

北さんとは一番長いお付き合いになるんですが、初めて出会ったのは『文藝首都』で、昭和二十五年頃のことでした。私が二十五歳くらいで、北さんは四歳下ですから、二十歳かそこらです。ヨレヨレの学生服を着ていたし、私は彼があの大歌人・斎藤茂吉の子息だとはまったく知りませんでした。

それほど親しくもないときに、ある日、同人会で「佐藤紅緑さんのお嬢さんと聞きましたけれど、有名人をお父さまに持たれて、どんなお気持ちですか」と聞かれたんですよ。

私は何と答えたか、よく覚えていないんですけれど、「何を言ってんのよ。佐藤紅緑なんて言ったって、もう今は知る人もいないわ」とでも言ったような気がします。後になって、北杜夫が斎藤茂吉の息子だということが分かって、「あの野郎！」と思いましたよ。茂吉と紅緑では格が違います。よくも、ぬけぬけと、という思いで。『文藝首都』で一緒だった時代はよくハガキが来ていたんですけど、それを読んで母も感心していました。ふざけて書いているんだけど、そのユーモアの才能は並のものではない、と言っていました。

あの頃、売春防止法が通りまして、この後、男はどうやって性欲を処理したらいいのか、私は、こういう案を出したいというハガキを、北さんに書いたことがあります。「五十歳以上の未亡人が、青年の性欲の処理の係りになる。そうすると妊娠の心配もないし、性欲を抱えている未亡人にもちょうどいいじゃないか」

という案でした。そうしたら、

「それには賛成ですが、せめて二十年、年齢を引き下げていただくわけには参りませんでしょうか」

と返事がきましたよ。あの頃のハガキは取っておけばよかったと思うけど、その頃は私も何かと忙しくて。遠藤さんからは電話がかかってくるし、宗薫はいつも一緒だし、北さんにはハガキを書かなければならないんだから。

北さんは群れるということは、決してしませんでした。私たちが『半世界』という同人誌を作ったときも、北さんは、私や田畑と友達だから付き合ってはいたけれど、『半世界』そのものには入りませんでしたね。そういう点では、付和雷同しない、しっかりした自分の考えを持っている人でした。

でも躁病のときには、株を買いまくってすごかったですよ。信用買いをするものだから、株価が下がると追証に追われるんです。何しろ証券会社の人が、買うのを止めるほどだったと言うんですから。北さんは、遠藤さんに借金を申し込んだりもしたんです。躁病だもんだから、

「貸せーっ！」

といきなり言ったりする。そうしたら遠藤さんは、

「貴様！　俺を誰だと思っているんだっ！　俺は貴様の先輩だぞっ！」

と一喝すると、

「すみません」

と言って、しょんぼり引き下がったと遠藤さんは笑ってました。私は年は上でも、幼馴染みみたいなものだから、当たり前のように借金を申し込んできて、私もその頃が人生の中で一番稼いでいた時期だから、つい貸してしまう。

それは必ず返してくれました。奥さんが素晴しい方ですからね。私は奥さんを信じていました。それに何のかの言っても、なぜか北さんも信じていたんですよ。なぜかしら？　よくわからないけど。だいたい私は疑うってことが出来ないタチなのね。

いつだったか、吉行さんから電話がかかってきて、

「北さんから八百万円貸してくれと言われたんだけど、どういうわけだか、俺、今なら八百万円あるんだよ。どうしようか」

と、聞かれたから、

「ダメ、ダメ。絶対にダメよ」

って、止めたんですよ。「そうか、それなら止めるわ」ということになったんだけど、そうしたら、五分と経たないうちに北さんから電話がかかってきて、

「吉行さんに頼んだんだけど、断られちゃったんだ。三時までにお金が払えないとえらいことになる。愛ちゃん、どうか貸してくれ」

吉行さんに止めておいて、自分で貸す破目になっちゃった。私は、亭主の借金で慣れっこになったというか、鈍感になってしまっていたのね。遠藤さんからは、「何かあったら、俺に相談せい。一人で考えて物事を進めるな」と何回言われたかわからないけれど、どうしても私は相談しないでやってしまう。

遠藤さんがやっていた劇団「樹座」で、「カルメン」を上演することになって、遠藤さんからカルメン役で出てくれと言われたけど、私はこう見えても人前で何かするってことはいやな人間なんです。断わったんだけど、

「北モリがドン・ホセをやるから一緒に出ろ」

って、それはしつこいの。ちょうどその頃、北さんがうつ病と聞いたので、念のために奥さんに電話をかけて訊いたら、ひどいうつだと言う。それで北さんはうつで出ないだろうから、大丈夫だと思って、北さんが出るなら出る、と言ってしまったんです。

ところが、一ヶ月くらいのうちに、北さんはうつから躁に変わってしまったの。やむなく出演する破目になったんですが、私は一生懸命にセリフも覚えて行ったのに、舞台で北さんは全然違うことを言ったりする。それで、私も芝居の途中で、

「あんたやるなら、ちゃんとやりなさいよ」

と怒ったりするありさまです。ラストはカルメンがホセに短剣で刺されて幕ということになるんだけど、稽古のときはちゃんと出来ていたのに、本番になると北さんは何を思ったか、私に向かって短剣を振りかぶったんですよ。

すると、私の手がとっさに動いてね。持っていた大きな扇子で、振りかぶった短剣を「パシッ！」と受け止めちゃったの。何だか知らないけど、そうなっちゃったんですよ。

樹座公演「カルメン」の控室で、ドン・ホセ北杜夫と

そこで音楽が「♪ランラララン、ラララララン」と始まった。それに合わせて、互いに短剣と扇子を「パシッ！」「パシッ！」と受け合いながら、舞台をグルグル廻って斬り合いをする。べつに言い合わせたわけじゃないんですよ。なぜかそうなっちゃったんですよ。劇場はもう大爆笑ですよ。

終演の時間が決まっているから、舞台のそでのほうで「時間が押している」と言ってる声が聞こえるんだけれど、やめるにやめられず、どうしよう、どうしようと思いながら、グルグル廻るばかり。そうしているうちに、何かの拍子で北さんが転んで、手にしていた短剣が飛んだんですよ。それでとっさに、私は落ちた短剣を拾って、自分で自分の胸に突き刺して倒れました。だって、カルメンが死ななきゃ話にならないんだもの。それが丁度、北さんが転んだままになっている上に倒れたのね。私の下敷きになって、北さんたら、「苦しーい！　百貫デブ！」って。そこで幕。

いつだったか、

「この頃どうなの？　躁のほうは」

と聞いたら、

「もう、そんなエネルギーはなくなったよォ」

と言ってました。エネルギーの過剰な人がヘンな人になるとしたら、あの頃の北さんはもうヘンな人ではなくなっていたのでしょうか。だとしたらおめでとうと言うべきだったかもしれないけれど、私は寂しかった。とても。

中山あい子は数少ない女の大人物

最後の一人、中山あい子さんは、おかしな話を持っているというより、大人物でしたね。色川さんとどこか似通ったところがあって、人間が大きい。よく考えれば、この世の暮らしの中では「どうでもいいこと」って沢山あるんだけど、我々凡俗は、なかなかそう思えなくて、怒ったり泣いたりするでしょう。色川さんや中山さんは、そのどうでもいいと思えることが沢山あるのね。だから、本人も楽だし、周りも楽なの。女流文学者会なんかで笑いが起こると、中山さんはいきなり畳の上に、ダーン！とひっくり返って、

「ウワァハッハッハ！」

と笑う。それで礼儀を重んじる作家の方からは、「あの方はお行儀が悪い」と眉をひそめられる。でも、中山さんは、そんなことを言われても屁でもないという感じでしたね。「あはは、そうだろうねえ」という感じでした。

けれども、また彼女なりのデリカシィはあって、例えば晩年は、透析をしなければならないくらい腎臓が悪くなっても、断固として透析をしない。理由を尋ねたら、透析は国が治療費を負担していて、無料なんですよね。だからしないと言うの。国に対して申し訳ないというんですよ。

中山さんと付き合うようになったのは、中山さんと田辺聖子さんが親しくて、私も田辺さんと親しかったから。田辺さんが上京したときに一緒に食事をしたのがきっか

一緒に出掛けた佐渡旅行で、大人物の笑顔

けです。何にでも「ガハハハハッ！」と豪快に笑って、何にでもこだわらずに面白がる人だから、私ともやっぱり波長が合いました。私みたいなワガママ勝手な人間でも、中山さんはちゃんと許してくれるような安心感があって、佐渡島や修善寺など、よく一緒に旅行に行きました。女には大人物は少ないけれど、中山さんは、その稀有な一人です。

死んだら葬式なんてしない。献体をすると言うので、「献体はいいけど、ホルマリン液の中に放り込まれて、プカプカと浮いているのよ」

と脅かしたら、

「どっちにしたって、ゴミになるんだよ。それでいいんだよ」

とノホホンとしてる。「人間死んだらゴミだよ」とよく言っていました。亡くなったときは、献体先の人が来て、白い布で包んで、荷物みたいに抱えてエレベーターに乗って、そして外に待っていた車の中にあった棺桶に入れて、それだけ。車が走り出すとき、娘のマリさんが「バイバーイ」と言って、手をふっていました。この母にしてこの娘あり。とても感動的なシーンでした。私は涙がこぼれました。

中山さんが亡くなってから知ったのが、ずっと私は彼女を一つ上だと思っていたのに、実際は二、三歳上だったということです。でも年齢のサバを読むなんて、中山さんらしくない。マリさんに理由を聞いたら、最初にデビューした雑誌が生年月日を間違えて、訂正するのも面倒くさいから、そのままにしたって。それまでは一歳しか上じゃない割りには老けているなあ、とは思っていたんですけれど。死んじゃってから、あの人の本当の年を私は知ったんです。

今でも身の回りに起こったことで、これを分かち合いたいとか、一緒に笑いたいとか、思うようなことがあります。遠藤さんならさぞかし喜ぶ話とか、宗薫が喜ぶ話とか、中山さんが喜ぶ話とか、それぞれにあるのね。そんなときには、遠藤さんが、宗薫が、中山さんがいたらなあと思います。いま、この話をしたら喜ぶだろうというような友達は本当にみんないなくなった。それは、もう何とも言えないくらい寂しいですね。

寂しいですよ。みんないなくなっちゃって。あの人たちがいなくなったってことは、あの時代はなくなった、再びこないってことですからね。それが寂しい。

戦争に敗けた時の、貧しいけれど何でもアリの自由な空気が私たちヘンテコな者たちを生かしてくれたと思います。自分の思うままに生きる、言いたいことを言い、したいことをして、余計なことは考えずに生きていられれば、それ以外のもろもろの苦労に耐えられたんです。言葉を替えていえば、私たちは厚かましい種族ともいえます。

その厚かましさが許されたいい時代だったんですねえ、という若い人がいるけれど、許されても許されなくても私たちはそうするよりしようがなかったんじゃないか。考えてみたら、あの時代だって私たちみたいな連中ばかりじゃなかったんでしょうからね。

やっぱり私たちは時代がどうであれ、一種の珍獣だったんでしょうかねえ。私は最後の一匹ですか？

この世に未練なく死にたい

かつては文壇でも、私は一番後ろの方から気楽なことを言っていれば良かったんです。ところが誰もいなくなって、今ふと気がつくと瀬戸内晴美（寂聴）さん一人が私の前にいる。私より年が若くても偉い作家はいらっしゃるけれども、年齢からいくと、瀬戸内さん頼みということになっているんです。

その瀬戸内さんが何年か前にちょっと体調を壊されて、「いやあ、もう瀬戸内さんもお終いかなあ。そうすると私は冥土の風を真っ向から顔に受けることになるなあ」と思っていましたら、あの人は不死鳥の如く蘇りまして、おそらく私が逝ってもあの人は一人、頑張るんじゃないかなあと思います。

共通の話題を持てる人がいなくなったのは寂しいですが、価値観を共有できないのも寂しいですね。

相手が娘や孫でも同じで、孫なんかもう、宇宙人ですね。私の娘はもう五十代の半ば過ぎになると思いますが、一応私の言うことを理解はできるんです。理解はできるけれども、共感はできたり、できなかったりする。ただ、共感できようができまいが、そう言わないと私がいつまでもうるさいから、わかったような顔をするんですね。

ところが、孫になるともう理解もできない。理解できない上に、自分の方が正しいと思い込んでいるので徹底的に論争をしかけてくる。私の方も自分が正しいと思っているから、抑えようと思っても反論するのを抑えられない、という状態です。

年を取ると、面白いと思った話を何度も繰り返し話すようになりますでしょう。孫は、

「はい、これで三回目」

「五回目」

と平然と言いますからね。私たちの世代は、そんなことを親や目上の人に対して言ったら大騒ぎですよ。

「何だ、お前のその口の利き方は」

と。

でも今、孫にそんなことを言ったとて、

「何が？　何のこと？」

と不思議に思うだけですよ。もう面倒くさいから、用事をいいつける時だけ孫を使う。教育することは諦めました。孫は今二十代ですが、四十歳、五十歳になった時に、「ああ、あの時バアさんそう言ってたなあ」と思う時が来るんじゃないか、と思うんですけれどもねえ。まあ、そんなこと言ったってしょうがないですけど。

友達がいなくなったこと、目からしょっちゅう涙が出てくる、耳が遠くなった。講演をしていると、父の話なんかを話しながら涙を拭くことがあるんですが、それは父とは何の関係もなく出てくるので、感動して泣いているわけじゃないんです。

最近の人は声が小さいでしょう。その上、若い女の人は早口なんです。だから、何を言っているのか全然わからない。それをいちいち聞き返すのは面倒だから、「ふんふん」とわかったような顔をしている。

そういう時、なぜか人間は笑顔になるんですね。聞こえていないということを誤魔化すために、いつもニコニコしている。

「佐藤さん、この頃優しくなったねえ」

とよく言われますけれども、これは聞こえていないことを誤魔化しているだけです。反対に、聞こえないものだから私自身の声はどんどん大きくなる。すると人は私を元気だと思うんです。元気なわけではなくて、耳が聞こえないから声が大きくなっているだけなんです。

それから足がねえ、イノシシ年ですから、まっすぐタッタッタッタッと歩くぶんにはいいんですが、曲がるとよろめく。それから段々の上がり降りが危なくなっている。

でも、そうやって衰えて行くのが自然で、だから死んでいけるんですよね。いつまでもピンシャンピンシャンしていたら、いつ死んでいいかわからない。衰えていけば、「ああ、だんだん近づいていくんだなあ」と、日々自覚しますから、自然と死を受け入れていけるようになるんじゃないかと思います。

私が子どもの頃、なんで人間は死ぬんだろう、とそれが不思議でしょうがなくて、四つ上の姉に、

「姉ちゃん、人間はなんで死ぬんだろうねえ。どうしても死ななきゃならないのかね

え」

と聞きますと、姉は一言、

「当たり前でしょ」

と言う。子どもだからなおもしつこく、

「ねえ、どうしてかねえ」

と聞くと、

「そんなもん死ななきゃ地球の上が人で一杯になってはみ出してしまう。だから死ぬんだよ」

と言われて、「なるほど、そうか。地球からこぼれ落ちると困るんだな」と思ったものです。小学校に上がるか上がらないかの頃の話です。

その頃は、死ぬということは本当に、わけがわからないから怖かったですね。みんないなくなる、お父さんもお母さんも姉ちゃんも兄ちゃんも、みんないなくなる。一人になるのか。そう思うとゾッとして、

「そうしているうちに今度は自分も棺桶に入る。その後どうなるんだろう」

と、子どもながらに真っ暗で何も見えない世界に放り込まれるというイメージが来て、とても怖かった時期があります。

おそらく子ども時代というのは明日のご飯の心配をする必要がないし、何も考えることがないから死ぬことなんかを考えているんだろうと思いますけれども、本当に怖くて苦しみました。

それがだんだんと大人になっていくと、忙しいから死ぬなんてことを考えているヒマがない。借金と戦う日々です。

やがて戦闘も一段落し、だんだんと体が衰えてきて、「昔はこうじゃなかったのに、アカンなあ」と思うようになる。気付かないうちに衰えに馴染んでゆく。馴染んで馴染んで寝付いたら、九十歳を越えたらもう治らないですね。今は寝付くような病気はありませんけれども、死というものは以前より近くに来ている。

それでも最期はまだ来ないんです。だから、最期をうまく乗り切りたいなあ、と思うんです。子どもの時と同じで考える時間が増えましたから、真剣に考えるようになりました。世間の人はどう考えているのか、そう思って聞いてみると、ほとんどの人は何も考えていないですね。それが生きるということだから、当たり前です。ただ、最近は雑誌などで見ると、人は死について考えるというよりは方法ばかり考えているんですね。死んだ時の葬式をどうするか、海に行ってお骨を投げるか、桜の木の下に埋めるか、桜はそんなのしてほしくないんじゃないかと思いますけれど、そのほか戒名代、遺産、遺言、考えるのはそういう物質的なことばかりです。

これは現代の特徴ですね。

それよりも、この世に未練なく死ねるのが一番ありがたいと私は思います。人間だから、肉体がある以上は欲望がある。あの人と別れたくないとか、子どもがこの後どうなるか心配だとか、今生への欲望が人にはあります。現実世界への思いがあって、そのためにあっさりと死んでいけない、という風にはなりたくないんです。

自分で死に時がわかればいいけれど、それがわからないのが一番困る。

「私は間もなく死ぬんだから、そんなにきついことを言わないでおくれ」

などと言い始めてから十五年は生きている、なんてね。こうなるともう、死ぬということを楽しんでいるんです。

人それぞれ死に対する考えがあるはずですが、今の人たちはそれを考えないで葬式や遺言に頭を向ける。それによって、直面する問題から逃げているのかもしれません。

肉体はやがて滅びて魂は残る

ほとんどの人は、人間は死んだら無になると思っているんじゃないでしょうか。だけど、私は死後の世界はある、と思っている人間です。なぜそう思うようになったか。それを話すと長いですから端折りますが、例の北海道の家を建てたのがきっかけなんです。

そもそも、その土地は一坪二千円だと言う。そんなに安い土地はありませんから、思わず目がくらんだんですね。百万円出して、五百坪買いました。ところが、そこが大変な土地だったんです。日本人がアイヌの土地を侵略して、アイヌの人たちを皆殺しにするやら、女を犯すやら、非道の限りをした、まさにその集落があったところだったんです。

私が何か物事をすると、必ずヘンなことになるんですね。皆殺しにされ、恨みを呑んで死んでいったアイヌの人たちの怨念の場へ、私は家を建てたんです。そうしたら、いろいろな超常現象が起りました。

そんなところにいたら大変だから、佐藤さん、売っぱらって住むのは止めなさい、と霊能者の人たちに言われました。けれども超常現象が起きているとわかっている家を他人に売るなんて、そんな無責任なことはできないでしょう。買った人こそいい迷惑ですよ。

幽霊屋敷を買ってしまった、という人の話をよく聞きますけれども、売った人はどういう人だろう、と私は思いますね。そんなことはできないから、

「じゃあ、ここに住むのを止めて東京の家に行くことにします」

と言ったら、

「その家があなたの名義である以上、東京にいても来ますよ」

と言われた。

家を建てるのに一千万円を越えてしまった上に、アイヌの怨霊と戦わなければなら

なくなったんです。借金と戦ってようやく終わったと思ったら今度は怨霊との戦いが始まる。本当に私の人生はなんだろう、と我ながら呆れます。

結局、その怨霊を鎮めるのに二十年かかりました。

けれども、そのお蔭で私は、アイヌ民族がいかに優れた民族だったか、日本人が清らかで何も知らない彼らに損得を教え、いかに堕落させていったか、そんなむごたらしい歴史を知るようになりました。

気の毒な人たちですから、さすがの私も戦うわけにはいかないんですね。最後は戦わずにお詫びする、ということになった。

その境地に達することができたんですから、これも失敗だったとは思っていないんです。

それで私が知ったのは、人は死んでも無になるわけではない、ということです。肉体はほろびるけれども、魂は残るんです。

人間はね、肉体と魂の両方で成り立っているんです。だから、肉体が死んだ後も魂だけが残るんですよ。恨みつらみを抱えた魂は、永遠にその恨みを抱えて残ることになるわけです。

それを経験したのです、私は。

「何を言っているんだ。死んで魂が残るなんてこと、ありえない」

そう思う人がたくさんいることはわかっています。でも経験したんですから、しょうがないじゃありませんか。そういう人たちは、佐藤さんの妄想だとか何だとか言うけれども、私一人ではなくて、娘やたまたま来合わせたお客さんとか、いろいろな人が経験しているんです。

ポルターガイストとなると、実際に物が動くんですよね。ここにあったものが無くなって、とんでもないところから出てきたりする。

アイヌの怨念だということがわかってからでも、私は夏になると必ず北海道の家へ行くんです。何で東京に家があるのに、「怖い、怖い」と言いながらそんなところへ行くのか、と他人から不思議がられました。

「君、なんやねん、普通やないで」

と遠藤周作さんには言われました。

「そう言わないで、遊びに来てよ」

と言っても、遠藤さんは絶対に来ない。怖がりなんですね、あの人。それでいて、超常現象の話は喜んで聞くんです。北海道から帰ると必ず、

「なんかオモろいことなかったか」

と電話をかけてきました。

これだけの経験をすると、私は「死んだら無になる」とは言えないですね。そしてその経験をして、私の人生観はまた変わりました。

死んだら無になるわけではないんです。四次元の世界というものがあって、そっちへ行く。そっちの方が永遠の世界であって、この世は仮の世なんです。四次元の世界から来て仮の世で過し、また四次元の世界へ戻るんです。

戻った時にこの世での生き方によって行く先が決まるというんですが、それは本当かどうかわからない。けれど、たいていの研究者はそう言います。

立派な生き方をした人は魂の高い人が行く場所へ行く。悪いことをしたり自分のことしか考えないような生き方をした人は、魂が低い人が行く場所へ行く。

私は低いところへ行くのは嫌ですからね。それはどんなところか、というと、神界から地獄の最下層までいろいろな段階がある、と何人かの研究者から聞いています。その人が実際に経験したことではないし、私にはわからないのでみなさんに詳しくはお伝えしませんけれども、異次元の世界に行くことだけは確かなんです。

だから、私は神の存在も信じるようになりました。それまでは神や仏について考えるヒマもない、戦い続きの人生でした。けれどもこの経験をしてからは、私はやっぱり神の存在を信じるようになったし、死後の世界も信じるようになりました。

肉体はやがて滅びて魂は残る。その魂の格、波動を上げておかなければ、死んでからつまらないことになる。

非常におおざっぱに言うと、そういうことです。

けれども今の日本の識者と言われる人たちの中には、こう言うと笑う人がいる。中には笑うだけではすまなくて怒る人がいるんですよ。そういう人たちに私はいつも、

「死んでみろ、そしたらわかる」

と心の中で言うんですけどね。

私はいつも経験主義なんです。経験したことだけが真実で、その経験の中から何を汲み取るかが大事なんです。辛い経験からもプラスのものは必ず汲み取れるので、恨みつらみだけが残るのでは、魂の波動は低いままで人生を終えることになります。

私も倒産亭主には裏切られてばかりです。離婚した時だって、借金返済のために便宜上、籍を抜くだけだと言われてその通りにしたら、すぐに別の人と入籍していたことが後でわかりました。けどね、私は別に何とも思っていないんです。恨みつらみはさぞかしあるでしょうね、と人に言われますけれど、

「いやあ、何とも思っていませんよ。ヘンな人でしたけど、私の方もヘンなんだから、ヘン同士でちょうど良かったんですよね」

と言います。恨みつらみなど微々たるものなんだと、そう思えるようになったのです。

私のように生きたらロクなことになりませんよ、というのは、みなさんが物質的なことに価値を置かれるならという前提があります。今はもう世界中を物質的な価値観が覆っていますよね。精神性というのはどこにも無くなった。これからもその方向へどんどん進んで行くんでしょう。

まあ、好きなように生きていくんですよ、人間は。だけども、その中で精神性だけは少しでも残しておきたいというのが、今の私の願いです。

あとがき

私の人生は、よく考えたらろくでもない人生なんです。でも、お話ししたように、ろくでもない人生を不幸だとは私は思わないんですね。

生きていれば、損をしたり傷ついたりするかもしれません。けれど、やれ損したとか、やれ傷つけられたとか、そんな風に考える前に、私は先へ進んでいく。だから、恨みつらみが育つヒマがないんですよ。

先へ進まない人は、恨みつらみを心の中に育ててしまうんです。だから、じっとしているのはよくない、とにかく忙しくしていればいいんです。しょっちゅう先へ進むことを考えていれば、人間は自然と強くなります。

私はよく怒るといって顰蹙されることが多い人間です。けれども、怒りは私の生きる力だったんですね。私は怒ることで自分を励まして、先へ先へと生きてきたんです。

そして、よく怒るとかうるさいとかいう世間の批評を何とも思わない、そういう暢気な性格も、強く生きるには必要なんですよ。

人生は思うに任せないことの連続ですよね。だけど、そこが面白いんです。何もない人生だったら、私にはつまらなかったと思います。

私は『幸福論』で有名なフランスの哲学者・アランが好きなんですが、彼はこういうことを言っています。

「完全な意味で幸福な人とは、着物を投げ捨てるように別の幸福を投げ捨てる人だ。だが、彼は自分の真の宝物だけは決して捨てない」

自分の一番大切に思うものさえ握って生きていれば、そしてそれ以外のものに執着せず投げ捨てられるだけの楽天性を持っていれば、人は幸福になれる。

そういうアランの言葉です。

アランの中で私が一番気に入っているのは、

「何らかの不安、何らかの情念、何らかの苦しみがなくては、幸福というものは生まれてこないのだ」

という言葉です。

何も苦しいことがなければ、幸福は生まれないのですよ。幸福を知るには苦労があってこそなんだというのは、苦労から逃げた人にはわからない真理だと思います。苦しいことだらけの人生を生きた私は、幸福な人生だったと思うんです。苦しい人生を力いっぱいに生きましたからね。

本書は、講演などを元にした語り下ろしです。

佐藤愛子（さとう　あいこ）
大正12年大阪生まれ。甲南高等女学校卒業。昭和44年『戦いすんで日が暮れて』で第六十一回直木賞を受賞。昭和54年『幸福の絵』で第十八回女流文学賞を受賞。父・佐藤紅緑、兄・サトウハチローを生んだ佐藤家の荒ぶる魂を描いた『血脈』の完成により、平成12年に第四十八回菊池寛賞を受ける。平成27年『晩鐘』で第二十五回紫式部文学賞受賞。

文春新書

1116

それでもこの世《よ》は悪《わる》くなかった

2017年（平成29年）1月20日　第1刷発行
2017年（平成29年）4月30日　第6刷発行

著　者　佐藤愛子
発行者　木俣正剛
発行所　株式会社　文藝春秋

〒102-8008　東京都千代田区紀尾井町3-23
電話（03）3265-1211（代表）

印刷所　理想社
付物印刷　大日本印刷
製本所　大口製本

定価はカバーに表示してあります。
万一、落丁・乱丁の場合は小社製作部宛お送り下さい。
送料小社負担でお取替え致します。

ISBN978-4-16-661116-4